Kirsten Anderstein

Alle Gefühle sind erlaubt

FÜHLE, WAS DU LEBST

novum ▰ pro

Dieses Buch ist auch als
e-book
erhältlich.

www.novumverlag.com

Bibliografische Information
der Deutschen Nationalbibliothek:

Die Deutsche Nationalbibliothek
verzeichnet diese Publikation in
der Deutschen Nationalbibliografie.
Detaillierte bibliografische Daten
sind im Internet über
http://www.d-nb.de abrufbar.

© 2024 novum Verlag

ISBN 978-3-99146-641-3
Lektorat: Birgit Himmüller
Umschlag- und Innenabbildungen:
Kirsten Anderstein
Umschlaggestaltung, Layout & Satz:
novum Verlag

www.novumverlag.com

Druckprodukt mit finanziellem
Klimabeitrag
ClimatePartner.com/16547-2311-1001

Inhaltsverzeichnis

Vorwort

„LIEBE lässt Liebe wachsen!" Das ist bis heute in meinem Herzen verankert. Auch wenn man in seinem Leben positive Erfahrungen sammelt, so bleiben bei negativen Narben zurück.

Die Lektion: Wir lernen aus den Schmerzen ebenso viel wie aus der Liebe.

Doch das, was vor allem zählt: Sich einzugestehen, dass alle Gefühle erlaubt sind. Jede Form von Gefühl ist für unseren Körper, aber auch für unsere Seele gesund. Schweigen dagegen ist wie Gift, das sich langsam ausbreitet und ein Leben in Unbeschwertheit unmöglich macht.

Reden bewirkt Heilung.

Wer das begreift, überwindet die Angst und stellt sich der Herausforderung.

Ich habe genau das getan und aus alldem kleine Geschichten verfasst, die das Leben schrieb.

Vorbild hierfür war Virginia Satir, die unser Sein mit einer Theaterbühne vergleicht, in der wir die Hauptrolle spielen. Doch all unsere Gefühle sind Statisten, die ebenfalls ihre Rolle zugeteilt bekommen. Schulz von Thun bezeichnet dieses als „das innere Team", mit dem Konversation betrieben wird. Erst dann, wenn jeder Anteil in uns seine Rolle versteht, beginnt das Bühnenwerk unseres Lebens.

Wer es daher lernt, die Hauptrolle in seinem Leben zu spielen, der hat begriffen, was es heißt: Fühle, was du lebst.

Über die Autorin

Kirsten Anderstein wurde 1971 in München geboren und arbeitete nach ihrer Ausbildung zur Verwaltungsfachangestellten zunächst in der Computerbranche. Sie studierte Psychologie sowie Angst- und Stressmanagement und arbeitet inzwischen erfolgreich als Coach für systemische Beratung, Burn-out und Entspannung.

Mit ihrem Mann und ihrer Tochter lebt sie in der Oberpfalz. Dort gibt sie Kurse an der VHS sowie für Kinder bei der Schülerhilfe.

Über ihre Erlebnisse in der eigenen Kindheit, Jugend- und Erwachsenenzeit, verfasste sie Kurzgeschichten, um sich selbst besser kennenzulernen und zu verstehen. Um ihr Leben als Überlebende von Traumata und gesunde Erwachsene zu führen, ist der Autorin ihr innerer Dialog wichtig. Achtsamkeit spielt in ihrem Leben eine wichtige Rolle. Wenn sie daher nicht gerade malend oder schreibend Gefühle und Erlebtes zu Papier bringt, liest und fotografiert sie gerne.

Der Tunnel

Es war ein herrlicher Sommertag. Die Wiesen und Felder standen im herrlichsten Grün. Blumen wehten sanft im Wind. In der Luft lag der Duft von Freiheit. Die Sonne erfreute die Natur mit ihren Strahlen. – So auch mich. Dennoch war ich an diesem Tag nicht ich selbst. Vieles ging mir durch den Kopf. Daher versuchte ich in der Natur wieder einmal meine Ruhe und Kraft zu finden – wie so oft.

Mein Weg führte mich dieses Mal durch ein weites Tal, das ich noch nicht kannte. Es faszinierte mich, immer wieder Neues zu entdecken und zu erfahren. – Ich war rastlos, auf der Suche – doch ich fand nichts, das mich beruhigte. An einer Wegegabelung entschied ich mich schließlich den Weg zu gehen, der rechts abbog. Es drängte mich schier, diesen zu gehen. – Doch warum?

Nun, der linke sah nicht so einladend aus. Er war steinig, dunkel und auch übersät mit diversen Gegenständen, die Menschen einfach achtlos weggeworfen hatten. Solche Wege wollte ich nicht mehr gehen.

Hier, der rechte, schien freundlich, gar einladend zu sein. Er lächelte mich förmlich an. Es waren zwar auch Steine an den Seiten zu finden, doch alles schien sauber und rein. – So machte ich mich einfach mit festem Schritt auf diesen Weg.

Ich war schon eine Weile unterwegs, als ich vor einem Tunnel stand. – „Nicht sehr einladend", dachte ich mir. Doch nichts zeigte mir an, dass ich an ihm vorbeikam. Ich musste hier auf diesem Weg bleiben. – Lang ist er nicht, ich kann ja das Ende schon sehen. – Also, hinein.

Als ich jedoch in der Mitte ankam, war das Ende plötzlich verschwunden. Ich stand plötzlich vor einer riesigen Steinmauer. „Das kann doch gar nicht sein!" Ungläubig ging ich auf die Mauer zu und tastete sie ab. Doch, es war wahr. Ich stand hier vor einer riesigen Mauer, die bis zur Decke reichte.

Nur gut, dass die andere Seite offen war. Also machte ich auf dem Absatz kehrt und ging geradewegs auf den anderen

Ausgang zu. Doch ehe ich mich versah, war dieser auch zugemauert. Wie konnte das denn sein? Das durfte doch nicht wahr sein – welcher Wahnsinnige macht denn einen Tunnel komplett dicht – ohne Notausgang? Vor allem, woher kamen denn plötzlich diese Mauern? In der völligen Dunkelheit umgab mich ein Schauer. Wie sollte ich hier wieder herauskommen? Wie war ich überhaupt in diesen Zustand gekommen?

Verzweifelt ließ ich mich dort, wo ich gerade stand, auf den Boden gleiten. Ich umschloss meine Knie und stützte meinen Kopf darauf. Tränen rannen mir leise über die Wangen und benetzten den Boden. Langsam stieg Angst in mir hoch. Wie sollte ich hier je wieder herauskommen?

Plötzlich vernahm ich ein leises Geräusch aus Richtung Tunneleingang. Was war das? Ein Kratzen? Ein Klopfen? Das war in dieser Einöde doch gar nicht möglich, oder doch? Da wieder ... Nein, ich irrte mich nicht. Es war deutlich zu hören. Ich folgte dem Geräusch. – Langsam begab ich mich auf allen Vieren vorwärts und tastete mich vorsichtig an der Wand entlang, bis ich am Tunnelausgang angekommen war. Das Geräusch war nun deutlich vor mir.

Kratzen, klopfen, kratzen, klopfen ... als ob irgendjemand von da draußen SOS-Zeichen geben würde. Es war deutlich: SOS.

Kurz, kurz, lang, lang, kurz, kurz ... warum kam da ein SOS? Ich war doch hier gefangen!

Darüber sollte ich jetzt nicht nachdenken!!! Ich sollte froh sein, dass hier jemand war, der meine Situation sah und nun etwas unternahm. – Doch außer SOS kam nichts.

Es war wieder völlige Ruhe eingekehrt. – Wieder sank ich auf den Boden. – Und jetzt? Warum hatte mich hier jemand her gelotst, um mich nun einfach sitzen zu lassen? Das durfte doch nicht wahr sein. Ich hörte ... NICHTS. Noch einmal ... NICHTS. Nur absolute Stille. Da ... da war es wieder. Ein deutliches Klopfen. Ich überlegte dieses Mal nicht lange. Sofort reagierte ich darauf. Ich gab SOS-Zeichen zurück. Kurz, kurz, lang, lang, kurz, kurz. – Eine Reaktion blieb aus. – Also versuchte ich es wieder und wieder. Langsam wurde ich mutlos und die Angst gewann wieder die Oberhand.

In diesem Augenblick vernahm ich ein Geräusch. Es war draußen – eindeutig: Vor dieser Mauer war jemand. Ich rief: „Hallo" – keine Reaktion. Noch einmal, etwas lauter: „Hallo, ist da jemand? Antworten Sie mir bitte – ich bin hier gefangen. Ich will hier bitte heraus!!!!"

„Ganz ruhig", tatsächlich eine klare, sanfte Stimme auf der anderen Seite der Mauer. „Ganz ruhig, alles wird gut." Noch einmal diese Worte. Ja, sie berührte mich. Sie ging mir tiefer als alles, was ich bisher wahrgenommen hatte. „Alles wird gut", wiederholte die Stimme ihre Worte.

Ich war nicht mehr allein! Irgendwer war bereit, mir zu helfen. Wer war der Mensch hinter dieser Stimme??? Egal. Ich lauschte, was nun geschah. Und ich hörte sie wieder: „Ganz ruhig. Alles wird gut." „Das sagten sie schon ... Bitte, helfen Sie mir."

„Gut" – „Taste dich vor. Gibt es bei dir irgendetwas, was du als Hilfe nehmen kannst, um zu graben oder zu kratzen?" – „Es ist stockdunkel. Wie soll ich hier etwas finden?" – „Noch einmal: Taste dich vor. Ist da irgendetwas zu spüren. Fühle es." „Fühlen? Ich sitze hier im Dunkeln. Mir laufen die Tränen herunter und sie sagen, ich soll etwas fühlen? Was soll ich noch mehr fühlen?" „Ganz ruhig ... am Boden tasten ... fühlen, spüren ... ist da ein Stein, etwas Spitzes?"

Ich wühlte am Boden im Schmutz, so ein Dreck. Doch die Stimme am anderen Ende animierte mich zum Weitermachen. So tat ich, was mir gesagt wurde: Ich wollte hier raus. Also grub ich und wühlte ... da, ja, ich konnte es deutlich fühlen ... etwas Spitzes. Ich grub weiter und ich konnte es herausholen: Es war nach dem Abtasten ein Löffel. Ja, tatsächlich: ein Löffel.

„Jaaaa", rief ich erleichtert. „Ich habe hier tatsächlich einen Löffel ausgegraben." „Gut so. Jetzt fang an, an einem der Steine zu kratzen. Kratze an den Rändern. Klopfe, um mir zu zeigen, welchen der Steine du nimmst." Ich tat, was man mir sagte. Klopfen, kratzen. Auf der Gegenseite hörte ich es ebenso. „Ich glaub' es ja nicht ... was soll das alles hier???"

„Denk nicht so viel nach, mach einfach. – Du musst schon selbst etwas tun. Ich kann hier nur entgegenkommen. Die Arbeit musst du machen. Also bitte: Kratze weiter." „Ich habe doch keine Ahnung, was mich dann erwartet? Wer gibt mir denn die Gewähr, dass ich hier rauskomme, und vor allem, dass Sie es mit mir gut meinen?"

„Du musst mir vertrauen. – Wenn ich dir sage, es wird gut, komme mir entgegen und glaube daran, dass es so ist, wie es ist." „Ich will es ja glauben."

„Dann hör bitte nicht auf, sondern kratze weiter – merkst du schon eine Lockerung?" Tatsächlich, der Stein bewegte sich langsam. Da: ein kleines Loch, ja, das spornte mich an und so kratzte ich weiter. Plötzlich löste sich der Stein. Das konnte doch nicht wahr sein: Er löste sich.

Ich stieß ihn aus der Wand heraus. Ein leichter Sonnenstrahl fiel jetzt durch das entstandene Loch. Ich war kurz geblendet. Doch als ich mich wieder ein wenig an Licht gewöhnt hatte, sah ich eine Hand, die mir durch diese Öffnung gereicht wurde. Eine weibliche Hand. Eine sanfte, weiche Hand wurde mir gereicht. Ich fasste sie fester. „Bitte, lass mich nicht los", bat ich eindringlich. „Du musst loslassen, damit du wieder neu fassen kannst. – Noch einmal: Bitte vertraue mir. Diese Wand musst du einreißen. Ich kann dir helfen, dich unterstützen, doch einreißen musst du sie."

„Gut, dann zeige mir, was ich tun soll." „Vertraue mir. Lass es zu und ich helfe dir, Stein um Stein hier einzubrechen."

Gesagt, getan. Es wurde ein Stein nach dem anderen in Angriff genommen. Hier tat sich eine Menge. Ich spürte, wie sich in mir etwas veränderte. Mit jedem Stein, den ich aus der Mauer nahm, kam auch Licht in mich. Ich nahm die Strahlen wahr, die Wärme und je mehr Steine ich entfernte, umso freier wurde ich. Ich wollte keine Mauer mehr, die mich umgab. Ich wollte frei sein, wollte spüren, fühlen, was ich alles hatte verbergen müssen – auch in mir.

Als ich den letzten Stein entfernt hatte, sank ich erschöpft auf den Boden.

Und da war sie – die liebevolle Stimme, die helfende Hand, die mir nun entgegengestreckt wurde:

Eine Frau meines Alters stand vor mir, lächelte mich sanft an und half mir vom Boden auf. – Ihr Blick ruhte auf dem meinen und wieder hörte ich sie sagen: „Vertraue mir, lass los und greife neu zu, dann kannst du es auch halten."

Ja, jetzt verstand ich, was sie mir sagen und zeigen wollte: Nur wer loslassen kann, ist offen, Neues zu erfahren, auch wenn es Angst macht – doch Vertrauen lohnt sich immer.

Der kleine Mistkäfer

Der kleine Mistkäfer saß im grünen Gras und besah sich die große Kugel, die direkt vor ihm lag. Ständig wurde sie größer und machte es ihm schwerer von der Stelle gerückt zu werden. Angestrengt überlegte er, wie die Kugel wieder kleiner würde.

Da kam eine Spinne vorbei. Mit ihren staksigen Beinen schien sie ein wenig lustig. Doch ihr Gesicht war hart und böse. Sie sah den Mistkäfer und ihr lief schon das Wasser im Mund zusammen. Das wäre doch einmal eine fette Beute. Scheinheilig stellte sie sich vor ihm hin und fragte: „Du armer kleiner Käfer, so eine große Kugel mit Dreck, wo du doch so schwach bist. Soll ich dir helfen? Ich könnte dir mit meinem Faden eine Schleuder spinnen, dann müsstest du nur noch die Kugel hineinrollen lassen und dein Problem wäre gelöst."

Der kleine Käfer überlegte eine Weile, dann sah er sie an und meinte: „Was hast du vor, du böses Tier? – Wenn ich die Kugel hineinrolle, dann wartest du doch nur darauf, dass ich stolpere, sodass du mich fressen kannst. Danke, aber nein danke, solch eine Hilfe brauche ich nicht!" Die Spinne trabte enttäuscht hinfort, da ihr Tun aufgedeckt worden war.

Da kam eine Gans vorbei. Die sah den kleinen Käfer, erblickte die große Kugel Dreck und meinte: „Na, na, wer wird denn wohl schlappmachen. Da bist du aber noch lange nicht fertig mit deiner Kugel. Wenn ich mir die anderen von deiner Rasse ansehe, so sind ihre Kugeln immer größer und schöner. Komm her, ich helfe dir."

Und mit diesen Worten nahm sie einen Schnabel voll Dreck und schleuderte ihn auf die Kugel, sodass diese noch größer und dicker wurde. Mit einem Lächeln im Gesicht meinte die Gans: „Das sieht doch schon gleich viel besser aus. Dann halte dich mal ran, damit du wirst wie deine Genossen."

Damit verschwand die Gans. Der kleine Mistkäfer sah sich die Bescherung an und meinte für sich: „So eine dumme Gans!

Das werde ich jetzt erst recht nicht schaffen!" Entmutigt ließ er sich ins Gras plumpsen.

Da kam eine alte Schildkröte den Weg entlang. Langsam und behäbig ging sie ihre Schritte, dennoch sahen ihre Augen wach und munter drein.

Als sie nach einer Weile den ratlosen Mistkäfer sah und seine missliche Lage verstand, sprach sie ihn an: „Kann ich dir irgendwie helfen, kleiner Kerl?"

„Oh, das wollten schon die Spinne und die Gans, mit dem Ergebnis, dass ich nun noch mehr Dreck vor mir habe als je zuvor. – Ich weiß nicht, wie du mir helfen könntest."

Die Schildkröte blickte sich um, ganz gemächlich, doch dann blieb ihr Blick plötzlich an einem kleinen, heruntergefallenen Zweig hängen. Sie drehte sich wieder zum Mistkäfer um und fragte ihn: „Wo willst du den Dreck denn hinbringen?"

„Ich will ihn eigentlich wegrollen. Ich trage ihn seit meiner Haustür auf meinen Schultern. Doch er wurde immer größer und so begann ich ihn zu rollen. Das machte ihn noch größer und jetzt fehlt mir die Kraft, ihn fortzuschaffen. Ich will ihn nicht mehr haben. Ich kann ihn nicht mehr brauchen. Er raubt mir alles, was ich an Kraft besitze." „Ich verstehe", lächelte die Schildkröte. „Du hast also ständig versucht, alles allein zu meistern. Warum?"

„Wer soll mir denn schon helfen? Ich bin ein Mistkäfer. Wer mag schon einen wie mich?"

„Nun, allein magst du schwach sein, doch in Gemeinschaft bist du stark. Du hättest einfach einen anderen Mistkäfer um Hilfe bitten können. Normalerweise erledigen deine Artgenossen solche Aufgaben immer zu zweit."

„Das ist richtig. Aber ich habe keinen anderen Mistkäfer, der mir beistehen könnte. Ich bin allein."

„Oh, das tut mir leid. Dann pass auf, mein Freund: Siehst du diesen Zweig dort am Boden liegen? Den kleinen, der aussieht wie ein Löffel?" – „Ja, den sehe ich, na und?" „Hol ihn her und dann helfe ich dir, die Lösung deines Problems zu finden."

„Mmh, was das werden soll?", dachte sich der kleine Mistkäfer. Doch er tat, was ihm aufgetragen wurde. Als er mit dem

Zweig zurückkam, was erneut Kraft gekostet hatte, da dieser sehr unhandlich war, fraß die Schildkröte gerade ein wenig Gras. „Na, du machst es dir einfach. Lässt andere schuften und frisst in Seelenruhe."

Die Schildkröte überhörte den Vorwurf, da sie wusste, dass er nur aus Erschöpfung heraus gesagt wurde. Sie sah den kleinen Mistkäfer liebevoll an: „Nun komm, nimm den Zweig am unteren Ende, ich halte ihn dir am oberen Ende."

Langsam begriff der kleine Mistkäfer: Das war's! Er nahm das untere Ende des Zweiges, stieß damit in den Dreck und schaufelte ein Stück weg. Immer mehr wurde abgetragen, bis, ja bis die Kugel so klein war, dass der Mistkäfer sie wieder tragen konnte.

Die Schildkröte sah ihn an und sagte: „Nun hast du zwei Möglichkeiten, entweder du trägst die Kugel, dann bleibt sie klein und deine Last bleibt leicht, oder du schiebst sie wieder vor dir her. Dann sammelst du all den Dreck, der um dich herum liegt auf und machst deine Kugel größer. Die Entscheidung liegt bei dir."

Der kleine Mistkäfer verstand und trug von nun an seine Kugel, die ihm gar nicht mehr so schwer vorkam.

Was lernen wir daraus?

Schwierigkeiten mögen kommen, doch wir können Kraft daraus schöpfen. Mit der nötigen Prise Humor können wir Probleme meistern, selbst wenn sie uns zu schwer erscheinen. Sei nie zu stolz, um Hilfe zu bitten oder sie auch anzunehmen. Vermeide es, die Probleme der anderen auf deinen Schultern zu tragen.

Vivian

Wir wohnten in einem großen Haus, gleich einem Schloss. Mit uns wohnten noch andere, u. a. meine Schwester mit ihrem Mann. Wir hatten zwei Töchter, Jasmin und Vivian. Vivian war behindert. Die Ärzte meinten, sie wachse zeitverzögert, doch wir hatten schon die Hoffnung aufgegeben, dass sich noch etwas ändern würde. So hatte Vivian ihren Kopf, Hals sowie ihre Schultern und den Rumpf, doch alles Weitere fehlte. Dennoch bewegte sie sich gut fort. Und sie wurde über alle Maßen geliebt. Besonders von mir.

In unserer Stadt hatten afrikanische Soldaten Einzug gehalten und alle waren in heller Aufregung. Was sollte das bedeuten? Krieg? Sie plünderten, was nur ging, und besetzten Häuser und Anwesen. Aufgrund dieser Situation bereiteten wir uns auf das Schlimmste vor. Wir hatten einen großen Kellerraum. Dieser wurde gefüllt mit Lebensmitteln, Schlafdecken und Betten, Wasservorräten und allem, was man zum Überleben benötigte. – Als alles fertig war, zogen wir dort gemeinsam ein und harrten der Dinge, die kommen sollten.

Und sie kamen. Wir hörten aufgeregtes Durcheinander. Sie suchten in jedem Raum nach uns, doch weil das Haus leer war, zogen die Soldaten dort ein und blieben. Wir waren froh, dass sie nicht auf den Gedanken kamen, in den Keller zu sehen. – Noch nicht.

Vivian genoss das Abenteuer, denn ihr wurde so viel Aufmerksamkeit geschenkt wie noch nie. – Eines Morgens wachte ich jedoch auf, da vor dem Haus ein ohrenbetäubender Lärm war. Dazwischen hörte man immer wieder Kindergeschrei.

„Vivian?!", schoss es mir durch den Kopf.

Vorsichtig begab ich mich an das vergitterte Fenster und da sah ich sie: Die Soldaten vergnügten sich mit ihr, indem sie sie in die Luft warfen und auffingen. – Wenn sie wussten, dass Vivian hier war, wie lange würde es dauern, bis sie uns entdeckten?

Und noch eine andere Frage: Wie hatte Vivian unser Versteck verlassen können? Sie konnte allein den Türgriff nicht öffnen. – In mir stieg ein schrecklicher Verdacht hoch: Meine Schwester!

Doch es schien, als schliefe sie. – Ich ermahnte mich: „Hör auf damit, das würde sie nie tun." – Und dann sah sie mich an – dieser Blick sprach Bände. „Du warst es? Du hast sie rausgelassen? Warum? Willst du uns alle umbringen???", hörte ich mich.

Sie grinste. „Sie werden uns nicht suchen, wenn sie deinen Krüppel haben. So müssen wir den Bastard nicht dauernd ruhig halten, auf die Gefahr hin, dass wir entdeckt werden. Wer will schon so ein Kind haben? Die werden genau dasselbe denken: Dieser Kopf ist ausgesetzt worden und man hat ihn verlassen, weil keiner ihn haben wollte."

Ich war außer mir. Schnell verließ ich mein Bett und rannte nach draußen. Ich musste einen günstigen Zeitpunkt abwarten, um mir mein Kind zurückzuholen oder mein Leben für das ihre geben.

Da hörte ich draußen wieder ein Gewirr. Es klang, als würden die Soldaten abziehen. Und richtig. Plötzlich waren alle verschwunden. Wo war mein Kind?

In einer Ecke fand ich sie leise wimmernd. Ich nahm sie auf den Arm, tröstete und liebkoste sie und zeigte ihr all meine Liebe. Es war vorbei.

Die Seilschaft

Ein modernes Märchen

Es war einmal ein Bergführer, der schon viele Touren in seinem Leben bestritten hatte. Jede hatte er erfolgreich durchgeführt. Immer und immer wieder durfte er die Erfahrung machen, dass er anderen etwas geben konnte – Frieden und Ruhe, wenn sie am Gipfel des Berges angelangt waren. Doch es waren nur immer Einzelpersonen, denen er dieses Geschenk überreichte.

Eines Tages beschloss er aber, eine ganze Gruppe zu bestimmen, eine Gruppe, die sich aus Personen zusammensetzen sollte, die alle schon mehrere Bergpässe erklommen hatten, jeder für sich allein. Doch nun wäre es an der Zeit zu erkennen, dass man mehr erreichen könnte, wenn man als Gruppe seine vereinten Kräfte einsetzen würde.

Er überlegte ganz genau, wer denn seine erste Gruppe bilden sollte, und so beschloss er, fünf verschiedene, aber doch ähnliche Charaktere zu nehmen, die sich, wie er meinte, alle auf irgendeine Weise ergänzen würden. Ob das wohl gelänge?

So machte er sich auf und fragte jeden Einzelnen der fünf, was er davon halte. Er kannte sie ja alle als Einzelperson, doch war es auch für ihn eine völlig neue Erfahrung, gemeinsam zu planen und eine Tour zu gehen. Zu seiner Überraschung und Freude waren alle einverstanden. Ein jeder fieberte dem großen Tag entgegen, der näher und näher rückte.

Würde alles gut gehen? – Würde man gutes Wetter haben und würde die Ausrüstung auch Bestand haben? – Wie wäre der Zusammenhalt? – Wie viel würde jeder von sich und seiner Kraft geben?

Eine Herausforderung begann.

Als man sich mit Namen vorgestellt hatte und jeder gesagt hatte, warum er mitgeht, machte der Bergführer noch auf einige Grundregeln aufmerksam:

Zusammenhalt und Vertrauen seien die Fundamente, auf denen gebaut wird.

Jeder solle von sich geben, wer nicht die Kraft hätte oder schwächer sei, solle sich in die Mitte begeben, um sich führen und abstützen zu lassen.

So zeigte er jetzt, welche Dinge notwendig waren, um wirklich zusammenzubleiben:

- Behalte stets den Helm auf, damit dein Kopf geschützt bleibt vor eventuellem Steinschlag!
- Bleibe behütet in der Gruppe und versuche nicht, im Alleingang diese Tour zu meistern!
- Halte dich gut am Seil fest, lass nicht los, nur in der Seilschaft kann die Gruppe den Gipfel erreichen; wenn einer fällt, helfen ihm die anderen wieder auf die Beine. Nur mit vereinten Kräften ist das möglich!
- Der Bergführer tastet sich vor, mit Pickel und Hacke – die Gruppe muss so viel Vertrauen haben, dass sie sich ihm anschließt und auch die Reihenfolge ab und an ändert, sodass jeder einmal in der Mitte und am Ende geht!
- Keiner wird bevorzugt oder ist benachteiligt – alle bilden zusammen eine Seilschaft!
- Das Tempo wird dem angepasst, der nicht so schnell gehen kann, damit er nicht unnötig belastet wird!
- Von niemandem wird mehr verlangt, als er schaffen kann!
- Gute Schuhe sind notwendig, um sicheren Halt unter den Füßen zu bekommen und zu behalten!
- Leichte Verpflegung sollte unterwegs verzehrt werden, um verlorene Energie zurückzubekommen!

Mit diesen Gedanken im Kopf marschierten sie also los. Keiner wusste, was ihn erwartete, doch jeder war gespannt, welche Erfahrungen bis zum ersten Rastplatz gemacht würden.

Anfangs noch in recht kleinen Schritten und zögernd versuchte jeder, seine Spur zu gehen. Doch die Schritte wurden sicherer und sicherer, und der Bergführer merkte, wie das gespannte Seil, das sie verband, immer lockerer und sanfter um seine Hüften schwang.

Da der Weg noch nicht sehr felsig war, überließ der Bergführer es seiner Mannschaft, das Ruder in die Hand zu nehmen und sich für einen Weg zu entscheiden, der ihren Vorstellungen und Wünschen entsprach.

Doch schon nach kurzer Zeit stolperte der Erste und holte sich eine leichte Schürfwunde. Alle blieben stehen und warteten, bis er verarztet war. Keiner ging weiter, ohne Rücksicht zu nehmen – sie waren ja durch das Seil des Zusammenhalts verbunden. – Kein Murren, kein Nörgeln, kein Meckern, sondern liebevolle Rücksichtnahme, die Sicherheit gab.

Als sie erneut aufbrachen, wurden die, die in der Mitte gingen, plötzlich mutiger und entschlossen sich, weiter hinten zu gehen. So wurde kurz angehalten und die Plätze wurden getauscht. Ein seltsames Gefühl tat sich auf.

Wie lange hätte man wohl den Mut, den Schlussmann zu stellen, der besonders aufmerksam auf seine Vordermänner achtgeben musste?

Am Ende des ersten Tages, nachdem sie mehrere Stunden so gegangen waren, hatten sie eine ganz andere Reihenfolge als zu Beginn des Tages, denn:

Jeder hatte einmal die Mitte gesucht, dicht beim Bergführer, um sich dann wieder weiter zu entfernen und irgendwann wieder ganz hinten zu gehen.

Befriedigt und erschöpft, aber freudig darüber, was geschafft wurde, setzte man sich für den kommenden Tag ein neues Ziel und wartete gespannt darauf, wie es wohl weitergehen würde.

Es ist, wie es ist

Eines Tages unterhielten sich auf einer Bank das Gefühl und der Verstand. – Nichts deutete darauf hin, dass es friedlich zuging. Doch was man da hörte, versetzte einen in höchstes Erstaunen, denn jeder der beiden wollte im Recht sein.

Dabei hatten sie es sich doch so gemütlich gemacht. Unter dem Schatten eines Baumes, vor dem eine Bank stand, von der man übers weite Feld blicken konnte. Die Sonne schien herrlich warm und lachte vom Himmel. Der Mensch, dem sie anhingen, war eine Frau mittleren Alters, die auf der Bank saß, um zu lesen – und immer wieder schweiften ihre Gedanken ab, sodass das oben erwähnte Gespräch überhaupt erst entstehen konnte.

Den Leser mag das verwundern, doch wer nun die Geschichte hört, fühlt sich vielleicht selbst hineinversetzt in solch eine Szenerie und erfährt, was er vielleicht selbst oft miterlebt hat.

Nun denn, hören wir einfach zu:

Die Frau las gerne – in ihren Augen war Entspannung allein deshalb wichtig, um die täglichen Arbeiten erledigen zu können. Dies war nicht immer so, doch das war eine andere Geschichte. Sie las nun angeregt in ihrem Roman, stellte sich die Gestalten lebhaft vor und sprach immer wieder mit sich selbst, um dabei zu bleiben.

Doch wieder und wieder legte sie das Buch beiseite und ertappte sich dabei, dass Gedanken in ihr aufkamen, von denen sie dachte, sie seien längst in Vergessenheit geraten. Welch eine Täuschung!

So begann also diese Auseinandersetzung, die oben bereits angedeutet wurde.

„Lass sie doch einfach mal in Ruhe", empörte sich der Verstand. „Warum musst du in einem fort so kritisch sein? Merkst du nicht, dass das unpassend ist?"

„Unpassend? Ha, was verstehst du denn davon, wann etwas passt oder nicht?!?" Das Gefühl wurde aufbrausend. „Ich mache sie wenigstens darauf aufmerksam, dass sie nicht so rücksichtslos mit mir umgehen darf und auf mich achten sollte!"

„Auf dich achten? Du bist kritisch, fast selbstzerstörerisch und redest ihr ständig ein, sie sei es nicht wert, jemanden zu haben, der sie liebt. Auch willst du all ihre Aufmerksamkeit und Anerkennung erhaschen, nur damit sie Leistung erbringt, um sich geliebt zu fühlen! Nennst du das rücksichtsvoll? – Ich würde das eher egoistisch nennen. Das hat nichts mit Liebe zu tun, und schon gar nichts mit Achtung!" Der Verstand war außer sich.

„Was regst du dich auf? Du bist doch derjenige, der immer wieder belehrt und versucht, mich ruhig zu stellen oder mich gar abzuschalten, ohne daran zu denken, dass ich das Recht habe, etwas zu sagen und zu fühlen!"

„Wenn du nur recht hättest! Doch durch deine Stimme setzt du sie fortwährend unter Druck und verletzt sie – ja schaffst es sogar, dass sie vergisst, was sie bisher in ihrem Leben erreicht hat. Nein, in weniger als ein paar Minuten hast du sie völlig in der Gewalt und sie schaltet mich aus, weil du ihr das einredest! – Da soll ich nicht wütend werden?"

Der Verstand versuchte, so sachlich wie möglich zu bleiben, obwohl er sehr erregt war. So fuhr er also fort:

„Sieh mal, es ist so viele Jahre her, dass du die völlige Macht über sie hattest. Wie viel musste sie leiden? Wie viel von ihrem Schmerz hattest du ihr zugefügt? Nur weil du ständig die Oberhand hattest und mich klein gehalten hast, meinst du jetzt, wo sie es endlich geschafft hat, du müsstest wieder aufbegehren und dir zurückholen, was sie abgelegt hat? – Was hättest du davon?

Bitte versuche doch, mit mir zusammenzuarbeiten. Ich helfe dir zu verstehen, warum wir beide Nutzen daraus ziehen, wenn wir Hand in Hand gehen."

„Ach, und du warst immer gut zu ihr, ja? Wie hast du denn ständig auf sie eingeredet und sie ermuntert, stets über ihre Kräfte zu gehen? Selbst wenn ich ihr gesagt habe, sie solle sich ausruhen, hast du auf sie eingehämmert und ihr zu verstehen gegeben, dass sie nicht schwach sein darf, sondern nur anerkannt wird, wenn sie sich bis zum Äußersten verausgabt."

„Moment", setzte der Verstand ein, „du kannst mir doch nicht die Schuld daran geben, dass du ihr falsche Gefühle einpflanzt. Ich habe getan, was ich konnte, damit sie endlich vernünftig wird! Und nun, da sie es geschafft hat, willst du mir unterstellen, ich hätte sie dazu gebracht, sich selbst zu peinigen???"

„Das tut mir weh – ich möchte auf dieser Ebene nicht mehr mit dir reden. Du kannst mit mir weiterreden, wenn du auf mich Rücksicht nimmst." Das Gefühl war verletzt – vielleicht zurecht?

„Mein Vorschlag, hör genau zu: Wenn du spürst, dass ich im Unrecht bin und zu viel erwarte oder versuche, dich auszuspielen, dann meldest du dich. Wenn ich denke, du machst dich zu groß und deinen Mund zu weit auf, dann weise ich dich zurecht und zeige dir, wo du zu stehen hast." Der Verstand war wieder da und arbeitete wie nie zuvor.

„Wenn ich mich verletzt fühle und ich spüre, dass du mich nicht beachtest, werde ich mich wehren. Ansonsten werde ich mit Liebe versuchen, den Schmerz zu dämmen und die Vergangenheit nicht aufzuwühlen." Das Gefühl lenkte ein.

„Es ist, wie es ist", sagte der Verstand. „Du wirst mich kontrollieren und ich dich – so werden wir zusammen meistern, was wir zerstört haben, damit unser Mensch glücklich und zufrieden sein kann."

So verging dieser herrliche Tag und die Frau nahm ihr Buch wieder zur Hand und las darin mit einer Leichtigkeit, und sie wusste, dass etwas geschehen war, was ihr half, das Leben so zu sehen, wie es ist.

Gefühle in Aufruhr

Frühling war's und doch stürmte es – nicht nur draußen, sondern vor allem in Innern einer jungen Frau. Vieles, was sie für erledigt gehalten hatte, war plötzlich wieder da, und so herrschte in ihr eine Verwirrung, die sie schon lange vergessen hatte. Dennoch schien das Leben einfach weiterzugehen, ohne zu fragen, ob sie bereit dazu wäre, mitzulaufen. Ihre Gedanken hingen fest und doch erschien es ihr, als seien sie so frei, dass sie sich verselbständigten.

Sie saß da und spürte in sich förmlich, wie die Gefühle außer Kontrolle gerieten. Sanft schloss sie die Augen, ging in sich und lauschte dem, was sie hier verspürte:

„Du nimmst dich viel zu wichtig – lass doch die anderen einfach reden", hörte sie da die Vernunft. „Was verstehst du denn davon? Du denkst wohl, du hast für alles eine Lösung, nicht wahr?", entgegnete der Stolz. Er war sichtlich gekränkt. „Nicht doch, nicht doch, das kann doch passieren, bitte verletzt euch nicht noch gegenseitig", mischte sich jetzt die Demut ein. „Ich kann dich verstehen, Stolz, dass du gekränkt bist, natürlich ist es verletzend, wenn man übergangen wird, dennoch denke bitte daran, dass wir alle Fehler machen, bitte versuche, dich zu beruhigen", beschwichtigte sie.

„Wisst ihr, es ist, glaube ich, nicht nur allein das verletzt sein, was mir zu schaffen macht – es ist diese Gewissheit, dass man etwas geschafft hat, worauf man zurecht stolz war. Und dann kommt jemand und macht das mit einem Wisch zunichte – ohne über die Folgen nachzudenken", entgegnete der Stolz ruhiger.

„Oh ja, das ist es", meldete sich jetzt die Angst zu Wort. „Ich war so überzeugt, dass ich sicher bin, dass ich mich nicht mehr fürchten muss, je wieder verlassen zu werden – doch nun ist dieses Gefühl größer als je zuvor und ich tue alles, um mich zu beruhigen, aber es ist zu groß, als dass ich es im Moment besiegen kann." Die Angst begann zu weinen.

„Ja, das kenne ich – ich habe jetzt auch das Gefühl, dass ich ganz allein bin und niemand da ist, der mir beisteht", räumte nun auch die Einsamkeit ein.

„Sagt mal, was ist denn los? So kenne ich euch ja gar nicht", mischte sich jetzt die Liebe ein. „Haben wir nicht die ganzen Jahre gelernt, alles zu ertragen, zu erdulden, zu hoffen und einander zu helfen? Haben wir uns nicht bemüht, nach dem Motto zu leben: Es ist, wie es ist? Wollen wir uns das jetzt zerstören lassen?"

„Aber Liebe, du musst doch zugeben, dass das, was unserem Menschen widerfahren ist, nicht gerechtfertigt ist und dass er berechtigterweise verletzt ist. Wie soll man denn so viele Verletzungen auf einmal ertragen? Selbst wenn er schon sein ganzes Leben gegen alles und jeden kämpft, so ist es doch nur verständlich, dass er nun entmutigt ist und all seine Gefühle mit ihm." – Der Verstand war wieder da und versuchte, das Ganze irgendwie in die richtige Bahn zu lenken.

„Man müsste hergehen und mal ein richtiges Donnerwetter loslassen, damit wieder Zucht und Ordnung herrschen!", rief jetzt die Gerechtigkeit.

„Und was bitte würde das bringen, außer weiteren Verletzungen? – Du weißt doch, dass jemand, der verletzt wurde, am liebsten mit barer Münze zurückgibt und sich keine Gedanken macht, wie es ankommt. Nein, wir brauchen eine andere Lösung – vielleicht einfach alles zudecken und vergessen?", entgegnete die Liebe.

„Dieses ‚Friede, Freude, Eierkuchen'-Gehabe kann ich nicht mehr hören – ständig nachgiebig sein, ständig einstecken und wieder zudecken und alle anderen können mit unserem Menschen machen, was sie wollen? Wozu soll das denn führen?!?" – Die Gerechtigkeit war außer sich.

„Nun sei doch nicht gleich so außer Kontrolle! Mit der Zeit wird das schon wieder. Du weißt, wie leicht wir verletzt werden und wie lange wir manches Mal brauchen, um uns zu erholen. Doch haben wir es nicht immer und immer wieder geschafft, dass wir zur Ruhe gekommen sind und die Liebe siegte, sodass wir alle zufrieden waren?" – Die Geduld redete liebevoll auf die Gerechtigkeit ein.

„Wir haben seit einem halben Jahr gedacht, dass nun endlich Ruhe ist – weißt du, wie gut es uns gegangen ist? Weißt du nicht mehr, wie froh wir waren, als sich unser Mensch endlich frei gefühlt hat von all seinen Bedrückungen? Weißt du nicht mehr, warum wir ständig gekämpft haben – damit wir jetzt wieder auf dem Boden liegen und die Angst uns übermannt, weil wir uns gelähmt fühlen, noch irgendwie klar zu denken????" Die Gerechtigkeit wollte eine klare Antwort.

„Überlege doch einmal selbst, Gerechtigkeit: Wie lange hatte es denn gedauert, bis unser Mensch dort ankam, wo er jetzt war? – Das ging doch nicht von heute auf morgen. Er hat sein Lebtag darum gekämpft. Warum also soll es nun nach solch einer Ungerechtigkeit gleich wieder so sein wie noch vor einem halben Jahr?

Verstehst du denn gar nicht, dass wir erneut Zeit brauchen, um uns gegenseitig wiederaufzubauen, damit wir gemeinsam unserem Menschen helfen können? – Können wir ihm helfen, wenn wir auch noch anfangen, miteinander zu streiten? – Müssen wir nicht vielmehr für ihn da sein und ihn unterstützen?"

Die Geduld bemühte sich redlich, allen Gefühlen ins Gewissen zu reden. – Doch sie erwartete keine Antwort. Sie kannte diese bereits. So fuhr sie fort:

„Stolz und Demut, ihr beiden: Natürlich darf unser Mensch darauf stolz sein, was er bereits geschafft hat, dennoch wäre er überheblich zu denken, dass ihn nichts mehr umwerfen kann. Also bitte Demut, zeige ihm, dass er mit Rückschlägen zu rechnen hat, doch diese genauso übersteht wie die Jahre zuvor."

„Angst: Du führ' dir bitte vor Augen, dass unser Mensch sich noch nie so geliebt gefühlt hat, wie heute. Sein ganzes Leben ist er der Liebe und Anerkennung hinterhergelaufen, hat sich verausgabt und ist bis an seine Grenzen gegangen – oftmals sogar zu weit! – Da hast du dich nie gemeldet und ihm gesagt, dass du Angst hättest, vielleicht zu weit zu gehen. Warum kommst du also jetzt und fürchtest dich, dass er nicht geliebt wird? – Führe dir bitte vor Augen, wie warm dir ums Herz ist, wenn du diese Liebe spürst." -

„Liebe: Hilf doch bitte der Angst. Gib ihr das Gefühl zurück, dass sie sich nicht fürchten muss, weil du da bist und sie unterstützt. Zeige ihr bitte, dass du wirklich alle guten Eigenschaften in dir vereinigst und unseren Menschen damit zudeckst." -

„Nun noch einmal zu dir, Gerechtigkeit:
Natürlich hast du recht, wenn du Zorn empfindest über das Handeln der anderen. Doch hat unser Mensch nicht bewiesen, dass er alle Ungerechtigkeiten ertragen kann, und hat so das Beste für sich daraus gemacht? Hat unser Mensch nicht ein Recht darauf, selbst zu entscheiden, wann es ihm wieder besser geht?"

Alle Gefühle hörten aufmerksam zu und waren über die Geduld sehr überrascht. So hatten sie diese noch nie erlebt. Sonst hielt sie sich immer ganz heraus oder ging nur zögerlich vor, was einen Vorschlag betraf. Dieses Mal war es ganz etwas anderes: Die Geduld war es, die sie alle zur Vernunft brachte und ihnen zeigte, wie sehr sie benötigt wurde, um alle Gefühle wieder in die richtige Bahn zu lenken.

So kam es, dass alle Gefühle beschlossen, sich an die Geduld zu halten und diese in ihrem Vorhaben zu unterstützen, ihrem Menschen wieder zu einem ruhigen und zufriedenen, ja sogar unbeschwerten Leben zu verhelfen.

Es war bereits Mittag, als die junge Frau wieder die Augen öffnete und in sich eine unsagbare Ruhe spürte. Sie wusste: Alles wird gut, wenn sie sich nur die nötige Zeit dafür gäbe und die Geduld hätte, ihre Gefühle wieder unter Kontrolle zu bringen.

Verwirrung

Es war einer dieser Tage, an denen man am liebsten im Bett liegen bleibt – die Decke übers Gesicht gezogen – und so tut, als wäre es draußen stockfinstere Nacht. Ich hatte mal wieder schlecht geschlafen und fühlte mich einfach nur elend.

Meine Gedanken tanzten Rumba, Samba und ach, was weiß ich, auf alle Fälle fanden sie keine Ruhe. Mein Körper schmerzte und ich konnte kaum aufstehen, weil ich das Gefühl hatte, jeden Moment wieder umzufallen. Also machte ich das einzig Richtige: Ich blieb liegen!

Oh, nein, nicht dass hier der Eindruck entsteht, ich sei faul oder so etwas – ganz im Gegenteil. Eigentlich bin ich wie eine Maschine. Man schaltet auf den Knopf und schon laufe ich – wenn es sein muss den ganzen Tag. Nur genau das widerstrebte seit einiger Zeit meinem Gefühl und meinem Verstand. In letzter Zeit hörte ich mich eher sagen: „Sei vernünftig, gönne dir eine Pause. Du brauchst das jetzt einfach."

Habe ich das tatsächlich gesagt? Wer spricht denn da mit mir???

So begann ich, mit mir selbst zu reden. Einige mögen mich jetzt für verrückt erklären, doch die Psychologie beweist: Wer in der Lage ist, mit sich selbst zu reden, der baut ein stärkeres Selbstwertgefühl auf. Tja, und davon besaß ich noch nie recht viel.

Kurzum, ich lag also in meinem Bett, schloss die Augen und hörte dem Gespräch zwischen meinem Verstand und meinem Gefühl zu. Was ich da zu hören bekam, war nicht gerade das, was ich hören wollte – doch ich konnte nicht umhin, einfach staunend zuzuhören:

„Ich habe den Eindruck, du machst dich wieder einmal zu groß. – Musst du dich immer und immer wieder so wichtig nehmen? Merkst du denn nicht, wie du sie verletzt? Ihr gar schadest? – Hatten wir uns nicht erst unterhalten, dass wir zusammenarbeiten wollen?" – Pausenlos redete der Verstand auf das Gefühl ein.

„Du kannst mir nur Vorwürfe machen! Sag mir doch du, was ich tun soll. Ich bin so tief verletzt von all den Erlebnissen aus der Vergangenheit und da soll ich plötzlich schweigen? Hast du vergessen, dass du es bist, der diese Gefühle auslöst?" Das Gefühl wirkte gekränkt.

„Entschuldige, ich weiß, mein Unterbewusstsein hält mich zurzeit ziemlich auf Trab. Ich will es ja auch nicht. Doch es meldet sich nun mal und irgendwie müssen wir zwei damit jetzt fertig werden, damit unser Mensch wieder seine verdiente Ruhe findet."

Der Verstand überlegte eine Weile, sodass ich nichts hören konnte. Dann erhob er erneut seine Stimme: „Sag mal, was fällt dir eigentlich so schwer? Warum bist du gekränkt? Hast du das schon herausgefunden?"

„Du leitest mich eigentlich immer. Dieses Mal habe ich allerdings vergeblich auf deine Hilfe und Unterstützung gehofft. Das hat mich tief getroffen und so kam in mir das Gefühl auf, dass mein Mensch nicht geliebt wird. Dass er, seitdem er keine Leistungen mehr bringt wie eine Maschine, enttäuscht wird und sich verletzt fühlt. Das ruft so tiefe Gefühle der Verzweiflung hervor, dass ich nicht weiß, wie ich damit umgehen soll. Also lasse ich zu, dass unser Mensch weint und auf mich hört – doch das tut er nicht, weil du da bist und ständig versuchst, alles besser zu wissen und zu machen!" Damit drehte sich das Gefühl weg, um nicht weinen zu müssen.

„Schau mal", lenkte der Verstand ein, „ganz ehrlich: Fühle es – dein Mensch wird geliebt, wie nie zuvor. Das versuche ich, dir vor Augen zu halten. Ich habe dich nicht allein gelassen und auch nicht im Stich. Ganz im Gegenteil, ich war die ganze Zeit für dich da. Ich bemühe mich wirklich, dich zu denen zu bringen, die unseren Menschen lieben – sei es seine Familie, Freunde und auch andere. Doch du siehst es nicht, weil du mit deinen alten Wunden zu kämpfen hast und dich bemühst sie zu lecken, ohne auch nur im Entferntesten an mich zu denken. – Verzeih, nicht falsch verstehen. Zurzeit siehst du deinen Kummer, doch hörst nicht, was ich dir versuche zu erklären, und dadurch sind wir beide nur am Diskutieren und schaffen es nicht zusammenzuarbeiten."

Das Gefühl wurde bleich. Es zitterte. Sollte der Verstand tatsächlich recht haben? Es überlegte laut: „Mmmh, in letzter Zeit war unser Mensch eigentlich unbeschwert, ja glücklich. Es war genügend Zeit vorhanden für Muse und Entspannung. Ich fühlte mich wohl, weil ich so ausgeglichen war und glücklich darüber, dass es so gut lief. – Doch dann, von einem Augenblick auf den anderen, bekam ich schreckliche Angst und fing an auszubrechen, weil ich mich trotz allem einsam fühlte, und das ließ ich natürlich unseren Menschen spüren."

„Das ist ein guter Gedanke – lass uns diesen vertiefen", ereiferte sich der Verstand. „Wodurch entstand die Angst? Weißt du das noch?"

„Ich glaube, es war dieser Druck, den unser Mensch mir machte. Verantwortung! Du musst wieder Leistung bringen, Verantwortung übernehmen, sonst wirst du nicht geliebt!" erfasste das Gefühl traurig.

„Da kam ich doch schon ins Spiel. Unser Mensch hat doch hier bereits angefangen, auf dich Rücksicht zu nehmen, du hast es nur nicht wahrgenommen, weil du so gekränkt warst. – Ich weiß, ich habe auch dazu beigetragen, weil ich mein Unterbewusstsein wieder einmal nicht beherrschen konnte. Es ist aber auch eine Schande, was da so alles aufkommt, obwohl ich es gar nicht will. – Also, wo waren wir stehen geblieben: Ach ja, ich habe dir erklärt, dass unser Mensch mehr geliebt wird, seitdem er endlich lebt. Ich habe ihm auch gezeigt, wer ihn alles liebt und dass er keinerlei Grund hat, jetzt so zu fühlen. – War das in deinen Augen verkehrt?"

„Nein, nein. Ich habe es ja auch verstanden. Doch dein Unterbewusstsein hat das anders gesehen. Du hattest mich gelehrt, dass unser Mensch geliebt wird, so wie er ist – weil er so ist, wie er ist. Er hat so viele Jahre hart an sich gearbeitet, sodass er stolz sein könnte auf das, was er erreicht hat. Doch das war er nie. Ganz im Gegenteil, er blieb bescheiden und fühlte sich geschmeichelt, wenn andere feststellten, wie sehr er sich verändert hatte. Es fühlte sich so gut an, wenn er sich selbst lobte für das, was er schon alles geschafft hat. Und er erkannte auch, dass seine Herzenseinstellung wichtiger war als Leistung. – Findest du, dass er sich zu früh gefreut hat?"

„Nein – Rückschläge sind normal. Unser Mensch kann kämpfen und auch wenn ich das Unterbewusstsein leider nicht abschalten kann und es mir ab und an entkommt, so weiß ich mit Sicherheit, dass es nur eine kurze Phase ist, bis unser Mensch wieder so ist, wie er ist.

Du bist auf dem richtigen Weg, wenn du mit mir verhandelst, nach Rat fragst und auch bereit bist, auf mich zu hören. Weißt du, wie viel Kummer und Leid wir beide unserem Menschen ersparen können, wenn wir miteinander erörtern, woran es liegt, dass wir ab und an streiten?" Der Verstand wurde wieder ruhiger und gelassener, sodass er klare Gedanken fassen konnte.

„Es tut mir aber weh, wenn ich sehe, wie sehr unser Mensch ständig kämpfen muss, um die schlechten Gefühle zu verscheuchen. Ich kann wirklich nichts dafür. So wie sich bei dir das Unterbewusstsein meldet, so kommen bei mir die schlechten Gefühle hoch, sobald sich das meine rührt. Wie können wir das denn um alles in der Welt abschalten?" Das Gefühl mochte nicht daran denken, wozu es ihren Menschen in früheren Tagen schon gebracht hatte. Es waren Zeiten, die zum Glück der Vergangenheit angehörten und ihrem Menschen geholfen hatten, sich weiterzuentwickeln und jeden Tag des Kampfes als Sieg zu betrachten.

„Dann suchen wir doch eine Lösung", schlug der Verstand vor. „Ich denke, wir versuchen es so, dass ich unserem Menschen immer wieder vor Augen halte, dass er allen Grund hat, sich geliebt zu fühlen, weil er selbst liebt – das zeigst du ihm dann durch ein wohliges Gefühl. Zudem werde ich ihm einprägen, dass jeder Mensch Schwächen und Stärken hat und er sich auf seine Stärken konzentrieren muss, weil er dadurch sich selbst in einem besseren Licht sieht. Da kommst dann du wieder ins Spiel:

Lass ihn spüren, dass er sich wohlfühlen kann, weil er so viele Stärken hat. – Vor allem müssen wir ihn aber davon überzeugen, dass er wirklich tut, was er kann, und dass das sein Bestes ist: Tauche tief in ihn hinein und schöpfe genau das aus seinem Herzen heraus, damit er sich damit zudecken kann wie mit einem Mantel! – Meinst du, wir könnten das schaffen?"

„Zusammen ja", antwortete das Gefühl eifrig. „Ich möchte nicht ständig traurig und immer wieder am Boden zerstört sein, weil ich einsam bin, obwohl ich geliebt werde, und ich möchte, dass auch mein Mensch das so sieht. Erinnerst du dich, wie viele liebe Worte er bekommen hat, als er wegen Krankheit seine geliebte Tätigkeit aufgeben musste?"

„O ja, von jeder Seite flog ihm die Liebe zu – so viel Mitgefühl und Anerkennung hatte er sein Lebtag noch nicht erhalten! – Seine Berührbarkeit und Verletzlichkeit waren so spürbar wie nie zuvor. – Ich habe dich beneidet, weil du mit all dem zugedeckt wurdest. Wie sehr hast du dich gefreut und unser Mensch war so entspannt wie nie zuvor. – Glaubst du, wir können es schaffen, in ihm wieder dieses Gefühl zu erzeugen, dass er es wieder wahrnehmen kann, ohne dass du dich einsam fühlst?"

„Gemeinsam schaffen wir es! Du hast mich jetzt wirklich überzeugt und ich möchte es schaffen, mit all meiner Liebe zu unserem Menschen. Du sagst ihm, dass er geliebt wird, und ich zeige ihm, dass es so ist! Du hältst ihm seine guten Seiten vor Augen und ich lasse es ihn spüren! Du erklärst ihm vernünftig die Gründe, warum er daran glauben kann, und ich decke ihn zu mit Zärtlichkeit. – Ist es das, was du meintest?" Das Gefühl war stolz auf seine Erleuchtung.

„Ja, gibt es denn so etwas??? – Du bist genial! – Genau das tun wir. Und glaube mir, es wird nicht der letzte Kampf sein, den unser Mensch auszustehen hat. Doch wenn wir zusammenarbeiten, dann wird er weiterhin Siege erringen und sich an all das erinnern, was er mit uns erlebt hat: doch dann nur noch an das Positive."

„Hoffentlich kommt diese Zeit für ihn bald, denn ich habe ihn wirklich von Herzen lieb", fügte der Verstand abschließend hinzu.

Ich hatte genug gehört und so beschloss ich nun, endlich die Augen zu schließen und mir den Schlaf zu gönnen, der mir in der letzten Nacht gefehlt hatte.

Von weit her hörte ich nur noch einzelne Passagen, die sich so tief in mein Herz gruben, dass ich überzeugt war, es zu schaffen, mit meinem Herzen zu sehen und mit meinem Verstand alles zu erfassen.

Wie lange noch?

Kalt war es ihr – sie zitterte, obwohl es draußen ein herrlicher Tag war, konnte die Sonne sie nicht wärmen.

Immer und immer wieder dachte sie daran, wie sehr sie ihre Beherrschung verloren hatte und ausgerechnet dem Menschen wehgetan hatte, den sie mit am meisten liebte. Solch ein dummes Missverständnis war also der Höhepunkt einer Kette von Ereignissen, die sie nicht mehr steuern konnte und sie so aus der Bahn warfen. – Nun saß sie da und dachte nach über das, was wohl der Auslöser war. Leise hörte sie in sich hinein:

„Geht's dir noch gut?", die Selbstbeherrschung war außer sich. „Du kannst doch nicht meine harte Arbeit in nur einer Minute zunichtemachen! Einfach so draufzuhauen, wo kommen wir denn da hin?!" Beschämt sah der Zorn den Schaden, den er angerichtet hatte. „Ehrlich, das wollte ich nicht! Schon gar nicht hier und jetzt." „Das macht es jetzt auch nicht mehr rückgängig. Ich verstehe nicht, warum du erst ausflippst und dann nachdenkst. Geht das nicht eigentlich umgekehrt?" Die Selbstbeherrschung verlor sich fast völlig! „Du hättest mich ja auch zurückhalten können, das hast du sonst auch getan, warum denn heute nicht???? Wo warst du denn????" Der Zorn versuchte, sich zu rechtfertigen.

„Ich weiß es nicht, ganz ehrlich. – Zurzeit bin ich nur überfordert. Es strömt so vieles auf mich ein, dass ich gar nicht weiß, wo ich anfangen soll. Dabei ist mir die Geduld leider auch keine große Hilfe, weil sie schrecklich ausgepowert ist. Ich muss erst einmal mit ihr reden, vor allem aber mit dem Frieden, der Freude, der Milde und der Güte. Ach, und dann noch mit der Liebe und der Freundlichkeit. Himmel, das werden immer mehr – siehst du, was ich meine? Wo soll ich nur anfangen? – Vielleicht sollte ich doch erst mit der Gerechtigkeit reden, die war doch am meisten verletzt." Die Selbstbeherrschung überlegte hin und her und so entschloss sie sich, wirklich erst die Gerechtigkeit aufzusuchen, um ein wenig mehr zu erfahren.

Diese saß traurig und zusammengekauert wie ein kleines gekränktes Kind da und weinte. „Ich kann nicht mehr – ach, könnte ich nur alles einfach hinwerfen und dem ganzen Geschick ein Ende machen!"

Die Selbstbeherrschung trat langsam an sie heran. Vorsichtig nahm sie die Gerechtigkeit in den Arm und fragte: „Ist es denn wirklich so schlimm? Seit wann empfindest du so? Bitte überlege, wann hat alles angefangen? Das ist sehr wichtig, nur so können wir endlich eine Lösung finden!"

„Ich denke, es fing damit an, dass unser Mensch sich wieder einmal mehr nach Anerkennung durch Taten sehnte, als selbst zu sehen, dass er geliebt wird, weil er einfach ist, wie er ist. Das finde ich nicht fair von ihm. Ständig geht er dann über seine Grenzen und vergisst völlig, warum er geliebt wird. Aber das ist ja nicht das Einzige. Sobald unser Mensch unter Druck gerät, lässt er mich außer Acht und sieht nur noch die Fehler der anderen und die seinen, sodass er sich selbst die Freude raubt und entmutigt wird. Das macht ihn dann aggressiv und ungerecht. Er will dann einfach nicht hören! Was folgt, sind Kritik und Verletzung. Es ist ein Teufelskreis!" Die Gerechtigkeit hatte es auf den Punkt gebracht.

Die Selbstbeherrschung war sprachlos. So hatte sie es noch gar nicht gesehen. Noch dazu, weil sie ja hätte eingreifen können. Warum hatte sie das nicht getan? Warum war sie nicht schon längst tätig geworden? Was hatte sie gehindert?

Fragen über Fragen schossen ihr durch den Kopf und sie konnte keinen klaren Gedanken fassen. So hörte sie die Gerechtigkeit weiterhin sagen: „Natürlich war ich verletzt, weil man mich übergangen hatte. Ich hatte der Liebe ja deutlich meine Meinung gesagt, dass nicht immer alles rosarot und himmelblau ist. Die Geduld hatte mich ja auch verstanden und mir zugesichert, dass sie mir hilft, aber du, du warst gar nicht da, um mich zu unterstützen. Du warst verloren!!! Wo um alles in der Welt hast du nur gesteckt???"

„Lass mir bitte Zeit, so wie es dir die Geduld geraten hat. Ich muss erst einmal selbst nachdenken. Gehst du bitte mit mir alles noch einmal Schritt für Schritt durch, damit ich weiß, wann ich eigentlich hätte eingreifen müssen?" Die Selbstbeherrschung war still geworden und brauchte nun selbst dringend Hilfe.

Die Gerechtigkeit wollte ihr diese gerne zukommen lassen. Schließlich war sie dafür da, nicht anzuklagen, sondern zu befreien. „Warum warst du verloren?", fragte sie schließlich nochmals.

„Entschuldige bitte, könnten wir die Verletzlichkeit noch holen, sie muss mir helfen – denn ich glaube, sie weiß, warum ich verloren war."

So holte die Gerechtigkeit noch die Verletzlichkeit hinzu. Sie war sehr gekränkt und die Selbstbeherrschung konnte es spüren, dass sie ihr sehr böse war. War hier die Lösung zu finden?

„Danke, dass du trotz Deiner Verletzung gekommen bist. Ich schätze das sehr", fing die Selbstbeherrschung vorsichtig an. „Ich brauche deine Hilfe!"

„Seit wann? Die ganze Zeit hast du mich übergangen, hast auf mir herumgetrampelt und dich wie ein Idiot benommen!" Jetzt gab es für die Verletzlichkeit kein Zurück mehr. Sie ließ all ihren verletzten Gefühlen freien Lauf. „Warum hast du dich nicht gleich gemeldet, als ich dich gebraucht habe? Wo warst du? – Du hättest gleich reagieren müssen, als ich gekränkt wurde, weil mein Mensch hart getroffen wurde. Dann hat er angefangen, sich selbst zu verletzen, indem er wieder auf Gedanken gehört hat, die gar nicht real sind – und du, du hast ihn nicht zurückgehalten, bis er schließlich völlig am Boden lag und sich selbst noch mehr und mehr verletzte. Warum? Warum? Warum hast du das zugelassen?"

Verzweiflung stand ihr ins Gesicht geschrieben. Die Selbstbeherrschung war erschüttert. Es war alles richtig. Sie war immer diejenige gewesen, die für ihren Menschen da war. Sie gab ihm Kraft zum Kämpfen, zum Überleben, weil sie all die anderen Eigenschaften animierte, nicht aufzugeben, nicht nachzulassen, sondern weiter voranzutreiben, bis ein Ziel erreicht war. Unterstützt wurde sie stets von der Freude, dem Glauben, von Güte, Milde, Geduld, vom Frieden, der Freundlichkeit, ja und der Liebe. Wo war ihr Zusammenhalt hingeraten? Warum war plötzlich jeder ein Einzelkämpfer geworden? War das die Lösung?

Die Selbstbeherrschung überlegte und ging noch einmal alles durch, was sie bisher gehört hatte:

Sie hatte versagt, als die Gerechtigkeit unterstützt werden musste, weil sie zuließ, dass sie übergangen wurde und nicht sofort eingegriffen hatte. So hätte sie es verhindern können, dass die Gerechtigkeit entmutigt war. Sie hätte den Stolz zurückhalten können, gekränkt zu sein, und der Demut helfen können, die Überhand zu behalten.

Bei der Verletzlichkeit war es ähnlich. Sie hätte ihr helfen können, damit ihr Mensch sich nicht noch mehr Schaden zufügt, als er es bereits getan hatte. Wäre sie nur gleich angesprungen und hätte ihm geholfen, sich auf Positives zu konzentrieren. So ließ sie ihn gewähren, und er konnte sich ganz seinen Verletzungen widmen.

Doch was das Schlimmste war: Die Selbstbeherrschung hatte ihre besten Freunde vergessen und war nicht mehr auf Zusammenarbeit bedacht gewesen. So war es dem Zorn gelungen, durchzubrechen. Das war es also:

Nur wenn sie bereit war, mit ihren acht Freunden zusammenzuarbeiten, dann konnte sie allem Negativen entgegenwirken. Doch dazu müsste ihr Mensch bereit sein, alle wieder zu spüren.

Wie sollte das geschehen?

Sie beobachtete ihren Menschen, wie er da so saß und verletzt seine Wunden leckte. Nein, das hatte er nicht verdient. Wie mutlos er doch war und wie traurig darüber, dass er Menschen verletzt hatte, die ihn wirklich lieben. Doch am meisten belastete es ihren Menschen, dass er keine Kraft hatte, sich selbst wieder zu lieben.

Mitleid erfasste die Selbstbeherrschung, dass sie den Zusammenbruch ihres geliebten Menschen nicht verhindert hatte. Sie musste schnellstens handeln und ihre acht besten Freunde zur Mithilfe bewegen. Aber wie?

Sie beschloss, eine Konferenz einzuberufen. Auf der Einladung stand:

„Unser Mensch braucht uns – 8 unerschrockene Freunde werden dringend gesucht. Bitte macht euch auf den Weg!"

Eure Selbstbeherrschung"

Es muss nicht erwähnt werden, dass alle acht der Einladung gerne folgten, angeführt von der Liebe, die mehr als die anderen zu ihrem Menschen stand.

Nun waren sie also alle beisammen und die Selbstbeherrschung trat an: „Ich habe einen großen Fehler begangen und dies über einen längeren Zeitraum hinweg. Fragt nicht, warum ich nicht zu euch gekommen bin. Wahrscheinlich, weil ich dachte, ich könnte das allein. Doch leider habe ich damit unserem Menschen nichts Gutes getan, sondern ihn zum Äußersten getrieben, sodass es jetzt zum Eklat kam und ich die Beherrschung völlig verlor. Das hatte zur Folge, dass er den Menschen verletzte, den er mit am meisten liebt. Jetzt, Freunde, komme ich ohne euch nicht mehr aus: Bitte, bitte helft mir, unseren Menschen wieder zu stabilisieren."

„Ach, Selbstbeherrschung – endlich kommst du. Weißt du, wie lange wir schon darauf gewartet haben?" Die Geduld schaute sie liebevoll an und sprach weiter: „Wie oft wollten wir eingreifen und du hast dich verloren? Nur wenn wir alle 9 zusammenarbeiten, kann unser Mensch glücklich sein und seine innere Ruhe und Harmonie wiederfinden."

„Woraus erwachse ich denn?", schaltete sich die Freude ein. „Doch nur daraus, dass wir unserem Menschen Gründe liefern, sich zu freuen. Das kann er aber nicht, wenn er entmutigt und niedergeschlagen ist. Also müssen wir ihm helfen, sich bewusst auf das Gute an sich und an anderen zu konzentrieren."

„Ja genau, und wir beide helfen dabei, dass er mit sich und anderen sanft und gut umgeht, damit er sich nicht selbst verletzt", versprachen Milde und Güte.

„Ich werde ihm zeigen, warum es so wertvoll ist, sich wieder an Gott zu wenden und ihn um Hilfe anzurufen, sowie die Bibel in die Hand zu nehmen, damit er all den guten Rat auch ins Herz dringen lässt", gab der Glaube hinzu.

„Und ich werde sein freundliches Wesen wiederaufleben lassen – sein Strahlen und seine sanften Gesichtszüge, damit er nicht so verkrampft ist, sondern sich frei fühlt, das Leben zu genießen", eiferte sich die Freundlichkeit.

„Durch das, was ihr plant, werde ich dann in ihm wirken und ihm zeigen, dass er viele Gründe hat, sich zu beruhigen und seine innere Ruhe und Gelassenheit mit sich selbst wiederzufinden", schloss sich der Frieden an.

„Nun denn, dann fehle nur noch ich: Ich werde ihm die Gründe zeigen, warum er sich selbst lieben kann, und wie er seinen Nächsten lieben kann, ohne sich dabei zu übergehen. Ich werde ihm helfen, mit Geduld alles zu ertragen und zu hoffen. Ich werde ihm beistehen, seinen Mantel nicht von Motten zerfressen zu lassen, sondern mit Liebe reichlich zu überschütten, damit er sich selbst damit zudecken kann. – Doch liebe Selbstbeherrschung: Das schaffen wir nicht ohne dich!"

Die Selbstbeherrschung war gerührt. Sie nahm alle in die Arme und richtete ihren Dank an jeden Einzelnen ihrer Freunde. Sie versprach, nie wieder so lange zu warten, sondern sofort zu handeln, auch wenn das sehr schwer war und viel harte Arbeit bedeutete. Dennoch war sie entschlossen, in Zukunft mit ihren acht Freunden enger zusammenzuarbeiten, um ihrem Menschen zu helfen, der zu werden, der er einmal gewesen war: ein liebenswürdiger, unbeschwerter Mensch, der zu Recht lebte!

Sie sah ihrem Menschen noch nach, wie er sich erhob, und müde, aber zufrieden in sein Bett ging.

Liebe braucht Zeit

Wohlig war's: gemütlich – im Hintergrund lief leise Musik. Wieder einmal saß sie in ihrem Sessel an ihrem Wohlfühlort und genoss es, wie der Schnee langsam, sachte vom Himmel fiel. Sie sah in die Ferne, ihre Tasse in der Hand und fühlte sich angekommen – geerdet, wie sie es immer ausdrückte.

Angenehme Stille herrschte in ihrem Innern und mit liebevoller Zärtlichkeit dachte sie daran, was ihr in letzter Zeit alles widerfahren war. Ihre Gedanken ruhten auf all denen, die ihr guttaten, doch besonders auf einem Menschen: ihrem Wohlfühlmenschen.

Ob es das wirklich gibt? Nun, wenn es einen Ort gibt, an dem man geborgen, sicher und aufgehoben ist, warum dann nicht einen Menschen, bei dem es sich genauso anfühlt?

Bitte jetzt keine Fragen, lassen wir doch einfach die Geschichte laufen – ohne Unterbrechung. – In ihren Gedanken driftete sie ab und ein innerer Dialog begann:

„Ich bin glücklich – wisst ihr das?", strahlte die Liebe über die hoch erhitzten Wangen. „Ja, das merken wir, und ich freue mich für dich. Es ist schön, dich so zu sehen", antwortete die Freude. Allerdings hatte diese nicht nur mit guter Laune oder Fröhlichkeit zu tun. Nein, sie kam nun ganz tief aus dem Innern. Sie wurde hervorgerufen, weil hier etwas Gutes erworben wurde, und sie erwartete, dass es noch schöner würde.

Auch die Freundlichkeit beteiligte sich an dieser Unterhaltung: „Es ist so schön, dich so zu sehen – wie lange musstest du kämpfen, um hierherzukommen." Und diese Worte kamen ebenfalls aus dem tiefsten, verborgenen Innern. Es strahlte aufrichtiges Interesse am Wohl ihres Menschen aus – ein Interesse, das sich in lieben Worten und guten Taten ausdrückte. Diese Form war nichts Passives und auch nicht nur ein Anstrich von Höflichkeit. Nein, man konnte deutlich spüren: Diese echte Freundlichkeit entspringt aus tiefer Liebe und Mitgefühl.

„Ja – und wie sie strahlt. Innere Harmonie verleihen ihr eine Schönheit, die mich so beruhigt", meinte der Frieden. Damit wir Frieden haben können, müssen wir uns sicher fühlen und ein gewisses Maß an Zufriedenheit verspüren. Wir brauchen auch gute Freunde. Und das genau war hier passiert.

„Moment noch: Ich habe sie ja gezogen und ihr den Weg gezeigt" – warf der Glaube ein. Er war froh, dass ihr Mensch sich von Grundsätzen leiten ließ und im Einklang mit diesen lebte. Nur so konnte er solch eine Freundschaft finden, wie es sie jetzt gab. Wäre sie nicht diesem Weg gefolgt, wäre ihr ein wichtiger Teil ihres jetzigen Lebens nicht gegeben worden. So war der Glaube rundum dankbar.

Auch Milde, Güte, Geduld und Selbstbeherrschung hörte man Sätze sagen wie: „Unvorstellbar, diese Ruhe." – „Wie einem ein Mensch nur so kostbar sein kann." – „Diese unsagbare Stille in ihr ist so ungewohnt." – Diese Worte sind ja nicht selbstverständlich: Wir alle haben mit unserer eigenen Vorgeschichte und unseren Unvollkommenheiten zu kämpfen. Es fällt uns nun einmal schwer, zu glauben, dass wir gute Menschen sein können.

„Wie lange habe ich doch darauf gewartet? – Die ganzen Jahre, so ein harter Kampf, und doch hat unser Mensch nie die Hoffnung aufgegeben, dass es besser wird. Wie sehr hat es sich heute für ihn gelohnt", schaltete sich noch die Geduld ein.

Ihr seht schon, die Gefühle waren sich einig: Ihr Mensch war rundum glücklich, fühlte sich geliebt und endlich angekommen.

Doch da saßen ganz tief versteckt – man nahm es kaum wahr – Angst und Unsicherheit. Zusammengekauert traute sich keiner herauszukommen, um seine Meinung zu sagen.

Wäre da nicht diese tiefe Liebe gewesen, wären die beiden wahrscheinlich gar nicht beachtet worden. Doch das Herz der Liebe war aufgewühlt, weil sie Schwingungen wahrnahm, die die anderen nicht bemerkten. Unruhig sah sie sich also um und da, ja genau jetzt, entdeckte sie die beiden.

Liebevoll streckte sie ihnen ihre Hand entgegen. „Nun, ihr beiden – wollt ihr nicht hervorkommen, damit wir mit euch reden können?"

„Oh, ich bin hier ganz gut aufgehoben, wo ich jetzt bin", meinte die Angst. Die Unsicherheit wurde rot und schwieg.

Die anderen kamen nun auch. Mmh, wer sollte denn jetzt das Wort ergreifen?

Die Geduld begann: „Ich weiß, es ist lange her, dass unser Mensch sich so gefühlt hat. Ich verstehe euch beiden schon. Doch, Angst: Was ist gerade Realität?" – „Realität ist, dass alles gut wächst und gedeiht. Hier wird mit Offenheit und Ehrlichkeit agiert. Oh, und diese Aufrichtigkeit! – Die Liebe hat schon recht, nichts ist hier ein Hemmnis, nur ich." „Ach, das stimmt nicht", meinte die Unsicherheit. „Ich bin viel öfters im Einsatz als du. Das merkst du doch. Kaum ist eine Berührung tiefer, schon bin ich da. Auch, dass zum ersten Mal so offen über seine Gefühle geredet wird und sie so deutlich zum Ausdruck gebracht werden – wisst ihr, das kenne ich nicht. Deswegen habe ich mir da die Angst an meine Hand genommen. – Wie kann es sein, dass es so tief geht, dass es wahr ist, was hier geschieht?"

„Ach du meine Güte", platzte es aus der Selbstbeherrschung heraus. „Geht's noch? – Es sprudelt doch nur so heraus, dass die beiden Menschen sich wohlfühlen. Lasst sie doch einfach mal machen."

„Also, ich denke doch, dass ich hier gefragt bin, nicht wahr?", erwiderte die Geduld. „Die beiden haben ein Anrecht, ihre Bedenken zu äußern. Wie oft sind sie denn schon enttäuscht worden? Natürlich müssen sie erst Stabilität und Sicherheit aufbauen. Das braucht Zeit. Doch ihr beiden seid euch bitte sicher: Alles wird gut."

„Das will ich meinen", äußerte sich jetzt wieder der Glaube. „Ich musste ja auch erst wachsen, damit es solch eine Basis noch gibt. – Und nun, ist es nicht schön, was hier für ein Gleichklang herrscht?"

„Gleichklang?" – sprühte die Freude hervor. „Das ist leicht untertrieben. – Wir haben hier eine Symbiose geschaffen. – Freunde, eine Symbiose, wisst ihr, was das bedeutet?" – Großes Schweigen.

„Ich weiß, ich gehöre hier eigentlich nicht dazu, doch da es anscheinend von euch keiner weiß, will ich dir gerne die Frage beantworten", sprach die Erkenntnis und legte gleich los: „Symbiose ist die Interaktion zweier oder mehrerer unterschiedlicher Arten, verbunden mit einem beidseitigen Vorteil im Hinblick auf biologische Fitness, Überlebenswahrscheinlichkeit oder verbesserten Stoffwechsel. Daher ziehen beide Organismen aus der Beziehung einen Nutzen; im Gegensatz zum Parasitismus, bei dem nur eine Art profitiert, während die andere Art geschädigt wird."

„Boah, das nervt" – empörte sich die Selbstbeherrschung. „Besserwisser. Kannst du nicht einfach mal Zurückhaltung üben?" „Das sagt die Richtige", meinte die Erkenntnis. „Ich habe ja nur kurz einen Einblick gewährt, was hier passiert."

„Pssst", ergriff die Liebe das Wort. „Ihr beiden ... es ist alles gut. Freut euch einfach darüber, was hier geschieht. Ich finde, wir sollten uns noch ein wenig der Angst und Unsicherheit zuwenden, was meint ihr?"

Zustimmung.

„Gut." Die Liebe nahm die beiden zärtlich in ihre Arme und hielt sie fest. „Nun denn, ihr beiden, sagt uns doch bitte, was soll geschehen, damit ihr beiden beruhigt bleibt und euch von uns behütet fühlt?"

„Also ich muss es sehen und spüren, dass ich zwar bemerkt, doch auch beruhigt werde", versuchte die Angst zu erklären. „Auch wenn die Unsicherheit beruhigt ist, dann komme ich ja gar nicht zu Wort."

„Ja, ich weiß. – Nur wisst ihr, im Laufe der Zeit haben sich Sätze und Taten so tief in mich eingegraben, dass ich wirklich hart an mir arbeite, damit ich nicht getriggert werde. Mich im Kreis zu drehen, ist mir im Laufe der Zeit auch aufs Gemüt geschlagen. Jedes Mal, wenn ich dachte, jetzt hätte ich es geschafft, kam der nächste Tiefschlag. Was soll ich denn machen?" Die Unsicherheit begann zu weinen.

„Na, na", beruhigte nun wieder die Geduld. Die Freundlichkeit kam auf die beiden zu, strahlte und meinte: „Ach, ihr Lieben, lasst euch doch mitnehmen auf diese Reise. Schaut, natürlich sind Erfahrungen das eine, was unseren Menschen geprägt hat. Aber auch ihre Freundin hat so manches erlebt. Die beiden sind sich so ähnlich – eine fängt die andere auf. Wenn man eine Lebensmittelvergiftung gehabt hat, dann hört man doch auch nicht auf, zu essen. Nein, man wird trotzdem wieder etwas zu sich nehmen. Mit Vertrauen ist es dasselbe. Keiner ist davor geschützt, verletzt zu werden, doch mit viel Reden, Offenheit, Ehrlichkeit und unserer Hilfe werden die beiden das wunderbar meistern. – Was denkt ihr?"

„Ich muss mich jetzt auch einschalten, obwohl ich hier eigentlich gar nicht geladen bin", kam es jetzt vom Vertrauen. „Also, ich weiß, es klingt vielleicht ein wenig lehrmeisterlich. Doch ich will erst etwas erklären: Vergleichbar schmerzlich – wie eine Lebensmittelvergiftung – ist es, wenn ich missbraucht werde. Nach wiederholtem Vertrauensbruch haben wir uns natürlich ernsthaft Gedanken über die Wahl unseres Umgangs gemacht. Es ist jedoch keine Lösung, sich von anderen Menschen abzukapseln, um das Risiko auszuschließen, enttäuscht zu werden. Warum nicht? Was denkt ihr?"

Einstimmig: „Weil Misstrauen gegenüber anderen uns selbst die Freude raubt. Auf gegenseitigem Vertrauen beruhende Beziehungen sind für ein befriedigendes Leben unerlässlich."

„Genau, das ist es. Ohne Vertrauen kann der Mensch sein Leben nicht bewältigen. Es ist also ein Grundbedürfnis, auf jemanden zu vertrauen. Die beiden haben doch sowieso ihren himmlischen Vater mit ins Boot geholt. Also: Worauf warten wir?"

Die Unsicherheit sah die Angst an und meinte: „So viel Geborgenheit hatte ich noch nie. Ich denke, hier können wir uns sicher fühlen. Wagen wir es?"

„Einen Versuch ist es wert", erwiderte die Angst. „Und darf ich euch um einen Gefallen bitten? – Sollten wir beide wieder einmal versucht sein, hier aufzukommen, was nicht ganz vermeidbar ist, dürfen wir dann mit eurer Hilfe und Unterstützung rechnen?"

„So oft ihr uns braucht, sind wir für euch da – stellt uns einfach auf die Probe", antwortete die Liebe und drückte beide noch einmal herzlich.

„Und über eines dürft ihr euch sicher sein: Die beiden Menschen werden ihren Weg finden, weil sie einander immer wieder bestätigen, wie sehr sie sich lieben. Lassen wir ihnen Zeit zu wachsen, dann wird alles gut", schloss die Geduld diese Unterhaltung ab.

Nun, wir brauchen es nicht erwähnen, dass unser Mensch die nun aufkommenden Sonnenstrahlen genoss und in seinem Herzen ruhend an seinen Wohlfühlmenschen dachte. Ein Gefühl tiefer Liebe und Geborgenheit überkam ihn. Ein Lächeln huschte über das Gesicht und es stand fest: Es ist, wie es ist.

Die Suche

Ein neues Projekt stand bevor. In einem alten Haus am Rande der Stadt waren alte Papiere aufgefunden worden. Um diese Papiere zu analysieren und auf Echtheit zu kontrollieren, wurden vom Institut für Geschichtsforschung drei Mitarbeiterinnen ausgesucht. Diese waren: Ilonka, Fabienne und ich.

Wir trafen uns an der besagten Adresse und machten uns auf den Weg ins Büro, wo wir die Schriften vorfanden. Beim Durchsehen fiel uns auf, dass es Unterlagen eines Heims in Peru waren, die die Lebensgeschichten der einzelnen Kinder dieses Heims während des 2. Weltkrieges und danach aufzeichneten.

Plötzlich waren wir mitten in einer der Geschichten. Uns fiel auf, dass ein Mädchen im Alter von 11 Jahren aus diesem Heim verschwunden war. Die Suche wurde nie aufgenommen und die Akte unbearbeitet sowie achtlos beiseitegelegt. Der Name der Kleinen war Memory. Ob dieses kleine Wesen überlebt hatte?

Schnell vertieften wir uns in die Hintergründe:

Memory wuchs in armen Verhältnissen auf und wurde von ihren Eltern, die bereits mehrere Kinder hatten, im Heim abgegeben. Sie wurde beschrieben als eigenwillig, schüchtern, zurückgezogen und manchmal aufsässig. Eines Tages verschwand sie plötzlich.

Ilonka hatte eine Idee: Machen wir uns auf die Suche und schauen, was passiert ist. Alle Unterlagen wurden eingepackt, die notwendigen Schritte unternommen und man reiste von Amts wegen an den Ort des Geschehens.

An einem heißen und schwülen Sommertag kamen wir um die Mittagszeit in Peru an. Dort erkundigten wir uns nach der Adresse des Heims, obwohl wir wussten, dass es wenig Chancen gab, dass es noch dort stand, wo es während des Krieges war. Dennoch buchten wir ein Taxi und fuhren zu der Adresse, die wir in den Papieren gefunden hatten.

Wenn es dieses Heim noch gab, dann stand es an der Stelle bereits seit über 70 Jahren. War das möglich in einem solchen Land?

Das Taxi fuhr vor und wir hielten vor einem eleganten großen Haus im venezianischen Stil, mit großen Säulen am Eingangsportal. Ein Herrenhaus, wie es im Buche steht. Erwartet wurden wir auch schon. Eine Frau namens Loreen, mittleren Alters, die roten Haare im Pagenschnitt bis zur Schulter, stand auf der Veranda, mit gefalteten Händen und eisernem Blick. Kalt und steif begrüßte sie uns.

Ich ergriff das Wort: „Wie Ihnen bereits mitgeteilt wurde, sind wir auf der Suche nach einem kleinen Mädchen namens Memory, das während des Krieges im Alter von 11 Jahren plötzlich von hier verschwand. Wir benötigen alle Unterlagen, die sie über diese Zeit und dieses Kind haben."

„Und was erhoffen Sie sich davon?" – war die schroffe Gegenfrage.

„Wenn dieses Mädchen überlebt hat, wäre das eine Sensation. Blieb dieses Mädchen allein? Wenn nein, wie hat sie es weiterhin geschafft, sich durchzukämpfen? Und was haben alle diese Erlebnisse aus ihr gemacht? Was für eine Person ist sie geworden? – Wir könnten so vieles aus ihrer Geschichte lernen."

„Na gut, dann werde ich die Belegschaft einberufen und wir werden bestimmen, ob wir sie unterstützen oder nicht." Damit drehte sie sich um und ging ins Haus. Wir folgten ihr in einen großen Saal mit einem Tisch, um den sechs Stühle standen. Eine Glocke wurde geläutet und nacheinander erschienen fünf verschiedene Damen und Herren. Jetzt nahmen sie alle am Tisch Platz.

Loreen nannte unser Anliegen und schon war eine Debatte im Gange.

Ein älterer Herr ergriff das Wort und bezog Stellung: „Das ist die beste Idee seit Jahren. Ich war damals in diesem Heim hier Aufseher; da ich als junger Mann aus der Armee geflohen war, hatte man mir hier Unterschlupf gewährt. Ich erinnere mich noch gut an Memory. Sie hatte etwas an sich, das ich bewunderte, und doch hatte ich gleichzeitig Angst, mit ihr zu reden. Jetzt, wo ich alt bin, holt mich ihr Bild immer und immer wieder ein. Sie saß im Speisesaal immer allein an einem Tisch. Wollte sich jemand zu ihr setzen, dann wandte sie sich sofort ab. Niemals sprach sie über ihre Gefühle oder darüber, was sie dachte. Tja, und eines Tages war sie verschwunden. Auf ihrem Nachttisch fand man nur einen kleinen Zettel mit den Worten: ‚Ich will hier weg.'"

Verstört und gleichzeitig ergriffen sprach er leise weiter: „Ich sprach mit dem damaligen Leiter dieser Anstalt, um nach ihr zu suchen, doch er meinte, sie wisse, was sie tut. Wenn jemand so undankbar wäre, dann bräuchte er keine Unterstützung. – Das ließ mir keine Ruhe. Ich machte mich auf die Suche und konnte ihre Spur verfolgen bis zu einer Bahnstation. Dann verlor sich jedes Lebenszeichen. Doch ich habe nie aufgehört, an sie zu denken. Und jetzt kommen Sie plötzlich hierher. Sonderbar." Er senkte sein Gesicht und fiel in sich zusammen.

Nun schaltete ich mich ein: „Haben sie den Zettel noch und die Hinweise, die sie zu dieser Bahnstation führten?" „Ich habe alles in einem alten Koffer aufbewahrt. Sie können ihn gerne haben."

Er stand auf, entschuldigte sich bei den Übrigen und ging mit uns in den Keller des Hauses. Dort fanden wir das Archiv vor. In der hintersten Ecke des Raums stand ein alter Koffer auf einem Holztisch. Darin waren: eine Decke, ein alter Teddy, ein Stift, mehrere mit Notizen beschriebene Zettel und eine seltsame Zeichnung.

Der alte Mann schloss den Koffer und übergab ihn uns. „Dieser Fall wird Sie nicht loslassen, glauben Sie mir. Vielleicht wäre es besser gewesen, Sie hätten nie mit der Suche begonnen." Mit diesen Worten verschwand er und ließ uns allein.

Als wir wieder nach oben kamen, hörten wir eine laute Debatte im Konferenzsaal. Eine Stimme war klar zu vernehmen. Loreen. Sie nannte den alten Herren einen Narren und Verräter, der nicht mehr ganz bei Sinnen war, eine solche Geschichte, die schon längst in Vergessenheit geraten war, plötzlich wieder auf den Tisch zu bringen. Und dann folgte ein Satz, der uns als Hinweis diente:

„Sie wissen genau, dass Memory damals durch das Ghetto entkommen ist und die Bahnstation im Bau war. Wie hätte sie also fliehen können? Sie ist tot! – Warum machen sie solch einen Wind um eine Geschichte, die wir sowieso nicht mehr beeinflussen können?"

Einen Moment herrschte Schweigen. Doch dann hörten wir eine andere Stimme sagen: „Sie haben sich doch auch mit ihrer Geschichte befasst und wissen, dass sie auf einem Pferdewagen weitergefahren ist, bis sie zu einer anderen Bahnstation kam. Dort verliert sich die Spur. – Wir hätten es ihnen sagen sollen."

Nun konnte mich nichts mehr halten. Ilonka hielt mich noch zurück, doch zu spät. Ich riss die Türe auf, stürzte in den Raum und schrie: „Ihr verdammten Heuchler. Alle miteinander. Jeder hier hat sich mit der Geschichte dieses Kindes beschäftigt und keiner hatte den Mut, auch nur annähernd weiter zu suchen. Ihr seid das Papier nicht wert, auf dem die Worte des Kindes standen. Alle, alle, die ihr hier sitzt, seid feige! Ihr hättet schon lange etwas unternehmen können, doch stattdessen hüllt ihr euch in Schweigen."

Ich nahm das erstbeste Stück, das ich zu fassen bekam und schmiss es quer über den Tisch. Nun trat Ilonka an mich heran, legte ihren Arm um meine Schulter und meinte: „Komm, gehen wir." Damit verließen wir das Heim.

In unserem Hotel angekommen, untersuchten wir den Koffer. Fabienne meinte: „Die hatten doch etwas gesagt über eine Bahnstation, die noch im Bau war. Das könnte man doch herausfinden und welche Station von da aus dann die nächste war."

„Was für eine gute Idee" – Ilonka war sofort dabei und forschte im Internet nach, bis sie die besagte Bahnstation gefunden hatte. In der Zwischenzeit versuchte ich, die Zeichnung und die Zettel zu entziffern, was mir auch gelang. Die Zeichnung stellte wohl eine Art Blockhütte dar, wie sie in Kanada oft benutzt werden.

Einer der Zettel war so geschrieben, als ob es eine verschlüsselte Adresse war.

„Ob Memory einen Verwandten ausfindig gemacht hatte?", fragte ich in die Runde. „So ein Schmarrn", meinte Fabienne.

„Warum na des? Sie war 11!" – „Weißt Du was, spar Dir jedes Deiner Worte. – Es ist mir egal, was Du sagst. Ich gehe diesem Hinweis nach. Mach, was Du willst." Damit verließ ich das Zimmer und machte mich allein auf den Weg.

Die Adresse führte mich an eine Bahnstation. Doch auf dem Zettel standen noch mehr Zahlen. Endlich begriff ich: Das waren Abfahrts- und Ankunftszeiten. Welcher Bahnhof war aber gemeint, der diese Zeiten hatte? War irgendwo noch ein Hinweis, den ich übersehen hatte? Sollte ich in einen der Züge steigen und einfach losfahren? Die Zeit auf dem Zettel passte gerade, sodass ich beschloss, einfach den Zug zu nehmen, der kam, und dann wollte ich an der Station aussteigen, die zur nächsten Zeit gehörte.

Ich blieb im Zug stehen. Eine Schwüle hing in der Luft, sodass man kaum atmen konnte. Also beschloss ich, durch den Zug zu laufen. Es war eng und langsam wurde es dunkel. Die Notbeleuchtung wurde bereits angemacht. Ein Abteil ums andere wurde von mir durchquert. Als ich fast am Ende des Zuges angekommen war, stellte sich mir ein Mann in den Weg. Er versperrte mir den Gang und berührte mich an der Schulter. „Wohin des Weges? Na, so allein. Das ist doch ziemlich gefährlich. Komm, ich zeige dir, wo es langgeht."

Mit einem Satz hob ich meine Arme an seine Kehle und drückte zu. Zorn und Hass stiegen in mir auf. Ich blickte ihn an und presste den Satz heraus: „Du mieses Aas. Ich sollte dir ein Messer in den Bauch rammen. Was glaubst du eigentlich, wer du bist?" Ich drückte immer fester zu und er stolperte rücklings auf die Sitzbank. Ich ließ los. Nun saß er da, hielt sich seinen Hals und röchelte. Ich verschwand.

Endlich war die Zugfahrt vorüber. Ich stieg aus. Die Zeit stimmte mit dem Zettel überein. Das machte mich zuversichtlich. Also sah ich mir die nächsten Hinweise an. Mittlerweile war es stockfinstere Nacht, weshalb ich mir eine Unterkunft suchte und nur noch müde ins Bett fiel.

Am nächsten Morgen las ich aufmerksam die Zettel auf ein Neues durch. Irgendetwas hatte ich übersehen, da war ich ganz sicher. Hinterließ Bleistift nicht Druckstellen auf den darunterliegenden Zetteln? Ja, vielleicht war das auf irgendeinem der Fall. Und richtig: Hier war etwas! Ganz zart, doch es war eine Druckstelle. Ich nahm den Bleistift und malte hin und her, bis eine Schrift sichtbar wurde. Und da stand sie – die Adresse, wo Memory hinwollte. Eigenartig: Sie wollte nicht einmal das Land verlassen. Doch wer verbarg sich hinter dieser Anschrift?

Schnell rief ich Ilonka an, die mir versprach, mich dort zu treffen. Wir vereinbarten eine Uhrzeit und machten uns sofort auf den Weg. Fabienne jedoch sollte und wollte nicht mitkommen. Sie blieb lieber im Hotel.

Als wir uns an der Adresse trafen, war die Sonne bereits am Untergehen. Dennoch beschlossen wir, die Bewohner des Hauses zu fragen, ob sie etwas mit dem Namen Memory anfangen könnten.

Ein sehr dicker, doch gemütlicher Mann war auf der Weide bei den Pferden zu sehen. Das kleine Haus im Hintergrund glich einer Holzhütte wie in Kanada, nicht wie hier in der Gegend, die Zeichnung! „Wir sind auf der richtigen Spur", stellte Ilonka fest. „Glaubst du? Wie kommst du denn darauf?", fragte ich ungläubig, doch mit einem Hauch Ironie in meiner Stimme.

„Wie wurde Memory beschrieben? Eigenwillig, schüchtern, zurückgezogen und manchmal aufsässig – sieh dich hier um: Hier gleicht nichts dem Stil, der für diese Gegend üblich ist."
„Du hast recht. Und was mir aufgefallen ist, das gleicht hier der Zeichnung bei den Zetteln. Ich bin gespannt."

Wir gingen auf den Mann zu, der sich uns als Holger vorstellte. Er war ein Bär von einem Mann. Groß, stämmig und bestimmt 160 kg schwer. Sein Vollbart war – wie sein ganzer Körper – von Schweiß durchtränkt. Er hatte bestimmt den ganzen Tag hier auf der Weide verbracht. Als wir unser Anliegen vorbrachten, wurden seine Augen immer größer. Schließlich unterbrach er uns: „Memory? Sie sind sicher, dass sie so hieß? Meine Mutter erzählte mir immer eine Geschichte von einem kleinen Mädchen, das genau so hieß. Sie wurde stets traurig und ihre Augen verloren den Glanz der Freude, sobald sie diesen Namen aussprach. Ja, ich erinnere mich, dass sie sogar weinte, wenn dieser Name fiel. Wollen Sie die Geschichte hören?"

„Ja, bitte", entgegneten wir beide.

„Es war ein kleines Mädchen, nicht älter als 11 Jahre, die weglief, weil sie es so schrecklich fand, dass keiner ihr zuhörte. Sie wurde aus ihrer Familie verstoßen und kam in ein Heim, wo sie einer der Männer für seine Zwecke missbrauchte. Doch es war keiner da, der sie hörte und so beschloss sie, wegzulaufen. Sie floh zu Fuß. Dann mit einem Pferdewagen, schlief auf der Straße, bis sie an eine Bahnstation kam. Hier stieg sie in einen Zug und wollte zu jemandem fahren, bei dem sie sich geborgen fühlen konnte – ihre Tante. Als sie ankam, war diese verstorben. Dennoch: Sie wurde in der Hausgemeinschaft aufgenommen. Schließlich fand sie ihr Glück. Sie wuchs zu einer hübschen Frau heran, bekam nach dem Tod der Verwandten alles Hab und Gut überschrieben. Daraus baute sie sich eine eigene Welt. Heiratete und bekam schließlich Kinder. Eines bin ich. Ich verwalte das Ganze hier, denn meine Mutter ist in einem Seniorenstift. Dort blickt sie immer wieder auf das Bild von ihrem Zuhause und sagt stets: ‚Hier war ich angekommen.'"

Sie lebte. Und wir hatten sie gefunden. Sollten wir uns mit ihr treffen? Sollten wir ihre Wunden aufreißen und sie aus ihrer Heimat im Herzen entwurzeln?

Wir beschlossen, diese Geschichte für uns zu behalten und vor der Nachwelt geheim zu halten.

Der kleine zerschundene Schmetterling

Herbst war's – die letzten Blätter fielen von den Bäumen und der Winter kündigte sich bereits an. Es musste unbedingt ein Platz gefunden werden, wo man überwintern konnte.

Grundsätzlich suchen sich die meisten Schmetterlinge im Winter einen geschützten Platz. Natürlicherweise sind das häufig Baumhöhlen, Zwischenräume in Steinen oder Lücken in immergrünen Pflanzen. Häufig findet man aber auch Schmetterlinge beim Überwintern in der Wohnung. Insbesondere ungeheizte Räume sind für das Schmetterlinge-Überwintern im Haus prädestiniert, da die Temperaturen nicht unter den Minuspunkt fallen, gleichzeitig aber gering genug sind für die Winterstarre.

Einzige Ausnahme ist der Zitronenfalter: Oftmals trifft man diesen Schmetterling im Winterschlaf an scheinbar völlig ungeschützten Orten an. Tatsächlich ist der kleine Falter nicht auf ein frostgeschütztes Winterquartier angewiesen, da er einen eingebauten Frostschutz hat. Durch die gezielte Abgabe von Wasser kann der Zitronenfalter im Winter seinen Gefrierpunkt nach unten setzen – so übersteht er auch Temperaturen von bis zu −20 °C problemlos. Nur sieben von beinahe 200 Tagfalterarten überleben den Winter als Schmetterling. Alle anderen Arten überwintern als Raupe, Puppe oder Ei oder fliegen vor dem Winter in wärmere Gebiete.

Auch Tagpfauenaugen überwintern in Deutschland – allerdings suchen die Pfauenaugen im Winter am liebsten einen geschützten Platz auf. Ebenso sucht der Schwalbenschwanz für die Überwinterung einen geschützten, frostfreien Platz.

Großer und Kleiner Fuchs, der Admiral, der Trauermantel und der C-Falter zählen ebenfalls zu den Schmetterlingen, die als Falter überwintern.

Doch ich schweife hier komplett ab. – Na ja, so komplett auch nicht. Ich war ja gerade dabei, zu erzählen, dass ein Quartier gefunden werden musste. Wie ihr daraus bereits erkennen könnt, war unser Schmetterling hier kein Zitronenfalter. Nein – er war ein Tagpfauenauge, leider schon sehr gezeichnet vom Leben, doch ein tapferer Kämpfer.

Entschuldigt bitte, ich muss schon wieder etwas ausholen: Ein Schmetterling kann sogar noch fliegen, wenn er 70 % seiner Flügel einbüßen musste. – Wie ihr seht, so viel war bei unserem kleinen Freund noch nicht betroffen. Aber das, was er erlebt hatte, war bezeichnend.

Umher gestoßen worden war er, sein Leben lang. Als kleine Raupe fing es bereits an. Aber lasst es euch erzählen und dann werden wir sehen, wo und ob er seinen Zufluchtsort gefunden hat.

Also, na ja – ich weiß, besonders schön sind diese Raupen ja nicht gerade. Spielt aber für den Ablauf unserer Geschichte keine so große Rolle. Der kleinen wurde eh ständig eingeimpft, dass sie nur einen Lebenszweck hat: Andere sind wichtiger als sie selbst.

Also sammle Nahrung für andere und schau auf deine Geschwister, dann – irgendwann ganz hintenan – kannst du nach dir selbst schauen. Das geschah schließlich auch. Bis zu dem Tag, als sie sich verpuppte.

Na, was glaubt ihr wohl, klar brachte das ein wenig Ruhe ins Leben unseres kleinen Schmetterlings – wie eine Flucht. Doch jede Verpuppung geht auch vorüber. Bis dahin machte unsere kleine Raupe schon Beachtliches durch:

Vom Ei über die Larve zur Puppe bis hin zur sogenannten Imago durchlaufen Schmetterlinge eine vollständige Metamorphose. Schmetterlinge sind überdies mit besonders leistungsstarken Sinnesorganen ausgestattet. – Ihr merkt, ich hole schon wieder aus, doch das ist wichtig: Schmetterlinge sind bereits im Raupenstadium bzw. als Imago sehr sensibel.

Statt eines Skeletts sind sie von einer festen Hülle aus Chitin umgeben. Da dieses „Außenskelett" nicht mit dem Körper mitwächst, müssen Insekten während ihrer Entwicklung mehrmals aus ihrem zu eng gewordenen Panzer schlüpfen. Die Schmetterlingsraupen häuten sich deshalb mehrfach, bevor sie sich verpuppen. Aus einer Puppe schlüpft schließlich der Falter, der nun nicht mehr wachsen kann. Diese Verwandlung nennt man in der Biologie Metamorphose.

Und so entschlüpfte zur bestimmten Zeit unser Schmetterling aus seinem Schutz. Die Metamorphose war vollbracht: Die

Raupe war zum Schmetterling geworden, was blieb, war die tiefe Sensibilität.

Tja, nun musste er raus aus seinem geschützten Dasein und was ihm jetzt widerfuhr, hatte er nicht erwartet. Schnell hatte unser kleiner Schmetterling einen Partner gefunden.

Dazu muss man wissen, dass sich Weibchen und Männchen zur Fortpflanzung über weite Entfernungen „riechen" können. Bei zahlreichen Schmetterlingsarten locken die weiblichen Falter die männlichen mit besonderen Duftstoffen an.

Erzeugt werden diese „Pheromone" von Duftschuppen am Körper der Weibchen. Die Männchen mancher Arten können die Weibchen auf eine Entfernung von mehreren Kilometern orten. Das geschah auch hier. „Man" konnte sich gut riechen.

Das Abenteuer konnte beginnen – doch auch die Verletzungen. Natürlich gilt es, sich fortzupflanzen. Damit wurde auch nach kürzester Zeit begonnen. Klar, welchen Daseinszweck sollte so ein kleiner Schmetterling denn sonst haben, als sich einzig und allein um seinen Nachwuchs zu kümmern. Für die Eiablage müssen die Weibchen eine Futterpflanze wählen, die den Raupen später ausreichend Nahrung bietet. Auch das geschieht über den Geruchssinn – wie ich bereits sagte: hochsensible Tierchen.

Wie ihr bestimmt bereits herausgefunden habt, liebe Leser, wir sprechen hier von einem Schmetterlingsweibchen. Nun, all die Verpflegung vom Nachwuchs, ihm den nötigen Schutz und die Fürsorge zukommen zu lassen, lag in ihren beschränkten Möglichkeiten. Da kam es zu Kämpfen mit anderen Schmetterlingen derselben Art – nennt man auch Gattung oder sogar Familie – da wurden die Flügel gestutzt. Auch die Einflüsse von außen – neue Unterkünfte zu finden und dabei sich selbst nicht zu verlieren – zeichneten sich an den Flügeln ab. Bis, ja bis es schließlich nicht mehr ging.

Unserer kleinen Freundin wurden so die Flügel gestutzt, dass sie sich erst lange erholen musste, doch auch der Kampfgeist war geweckt. Sie überstand alles, was da kam. Kämpfte für sich, für ihre kleinen Raupen – und schaffte es auch, doch nicht ohne Verlust.

Nun war wieder die Zeit – wie jedes Jahr – einen sicheren Ort für sich zu finden. Sie machte sich auf die Suche. Lange fand sie nichts – schon gar nicht für sich. Sie war erschöpft und wollte einfach nur ihre Ruhe: irgendwo ankommen, sich erholen. Die gestutzten Flügel ausruhen und zu neuen Kräften kommen.

Ich muss schon wieder ausholen. – Häufig kommt es vor, dass man einen Schmetterling im Winter gefunden hat. Insbesondere, wenn Schmetterlinge zum Überwintern eine Wohnung wählen, treffen sich Tier und Mensch häufig zwangsläufig. Wo der Schmetterling überwintern möchte, ist hierbei entscheidend für das weitere Vorgehen.

Hat sich das Tier einen unbeheizten Raum mit Temperaturen unter 12 °C ausgesucht, beispielsweise den Dachstuhl, eine Scheune oder die Garage, können Sie ruhig den Schmetterling im Winter im Haus behalten. Sollte der Falter allerdings einen Raum gewählt haben, der beheizt werden soll, ist er beim Überwintern auf Hilfe angewiesen: Die Wärme weckt die Lebensgeister des Schmetterlings und reißen ihn aus seiner Winterstarre – im schlimmsten Fall geht er dann bereits nach kurzer Zeit ein, da er zu viel Energie verbraucht.

Aus dem Gesagten könnt ihr euch sicherlich denken, welchen Ort sich unsere Schmetterlingsdame aussuchte. Ja, es war eine Scheune – besser ausgedrückt: der Pferdestall. Hier fand sie das, wonach sie sich so lange gesehnt hatte.

Der Mensch, der den Stall bewirtschaftete, ein alter Herr, sah den Schmerz und die Narben. So fing er sie ganz vorsichtig und setzte sie an einen sicheren Platz, hoch oben über einem kleinen Pony – hier konnte sie die Freiheit sehen und wusste – bald würde sie genesen ins Freie fliegen können. Das Pony sollte bald der treueste Gefährte werden. Immer wieder suchte der kleine Schmetterling Schutz bei seinem neuen Freund – das war Symbiose auf höchster Ebene. Und es funktionierte. Näherte sich jemand zu hastig oder spürte das Pony auch nur einen Hauch von Gefahr, wurde es unruhig, und niemand konnte der Kleinen etwas antun. Der Mensch hatte stets ein waches Auge auf die beiden und gab ihnen, was sie brauchten.

Ich weiß nicht, wie die Sache ausgegangen ist. Doch eines weiß ich sicher: Die Flügel unseres kleinen Schmetterlings brauchten Zeit, um wieder zu heilen, doch das geschah. Mit viel Geduld, Ausdauer, Liebe und all der Wärme, die man sich von so einem Ort nur wünschen kann. Wenn ich ihn mal wieder sehe, sage ich euch Bescheid.

Bis dahin gebe ich euch eines mit auf den Weg: Was das Leben auch bringen mag: Der Kampf ist erst verloren, wenn man aufgibt. Holt euch alle Hilfen, die ihr bekommen könnt, und nutzt Vertrauen, um innere Stärke aufzubauen: Selbstheilungskräfte haben viel mit Selbstliebe zu tun. Daher beginnt bereits im „Raupenstadium", diese zu stärken.

Leben für die Freiheit – der kleine Schmetterling findet seinen Weg

In meiner letzten Geschichte habe ich euch eine Fortsetzung versprochen:

Die Flügel unseres kleinen Schmetterlings brauchten Zeit, um wieder zu heilen, doch das geschah. Mit viel Geduld, Ausdauer, Liebe und all der Wärme, die man von sich von so einem Ort nur wünschen kann. Wenn ich ihn mal wiedersehe, sage ich euch Bescheid.

Ja, es ist tatsächlich passiert: Ich habe ihn wiedergesehen. Ich kann euch sagen, die Kleine hatte sich richtig gut erholt. Kein Wunder, sie wird ja auch gehegt und gepflegt.

Lasst es euch erzählen: Der Pferdestall erwies sich als perfekter Ort für unsere kleine Schmetterlingsdame. Der Mensch beobachtete das Treiben sehr genau. Stets kümmerte er sich liebevoll um die Kleine und gab ihr das, was sie brauchte. Vor allem aber war da das Pony. Immer und immer wieder suchte unsere kleine Schmetterlingsdame Zuflucht in seinem Schweif. Die Kommunikation der beiden war einzigartig. Die beiden verstanden sich – ohne ein Wort. Und doch, wenn man zuhören könnte, würde man wahrscheinlich die beiden miteinander erzählen hören. Wollen wir das einmal tun?

Gut, dann kommt mit, aber bitte ganz leise, damit wir die kleine Dame nicht erschrecken: „Na, hast du heute gut geschlafen?", fragte das Pony seinen kleinen Freund. „Boah, ich weiß nicht warum, doch ich schlafe viel besser, seit ich hier bin. Ich glaube, ich fürchte mich nicht mehr so arg vor der großen Welt da draußen. Bei dir fühle ich mich sicher. Weißt du, warum?", antwortete die Kleine sehr zärtlich und glitt sanft mit ihrem Fühler über die Wimpern seines Freundes. „Mmh, lass mich mal überlegen: von Anfang an war es so, als ob wir zusammengehören. Eine Verbindung, die keiner erklären kann. Oder? Wie ist es denn möglich, dass ein Pony und ein Schmetterling zusammenfinden? Und doch ist es geschehen. Wir beide haben mehr

Ähnlichkeiten, als es von außen richtig beurteilt werden könnte. – Schau, unser Mensch hat es gespürt. Deswegen hat er uns eine Möglichkeit geschenkt, dass wir beide zusammenwachsen können." „Mei, das hast du aber schön gesagt, mein Liebes", erwiderte unsere Kleine.

„Weißt du, ich glaube, was hier passiert, ist einzigartig", schwärmte sie weiter. „Ich sehe deine warmen Augen, alles an dir spricht dafür, dass du mich schützen möchtest. Egal wer kommt, um mich zu fangen – du bist da und beschützt mich. Geborgenheit, Sicherheit und eine ganz tiefe Liebe schenkst du mir. – Ganz ehrlich, bisher musste ich stark sein, egal wie verletzt ich war. – Immer mehr und mehr wurde von mir erwartet und ich wurde zertreten, meine Flügel wurden gestutzt und ich wurde verletzt, einfach immer und immer wieder fallen gelassen. Keiner leckte meine Wunden. Und nun weiß ich, dass ich mich fallen lassen kann, weil du da bist und mich auffängst. Das ist so ein schönes, warmes Gefühl. – Eigenartig fremd, doch ich will es genießen und mich weiterhin davon treiben lassen."

„Ach, wie schön", schwärmte das Pony. Mit großen Augen sah es seinen kleinen Freund an: „Ich bin so gerne für dich da. Du gibst mir so vieles zurück, von dem du dir keine Vorstellungen machst. Deine Schönheit – innen und außen – faszinieren mich. Du berührst mich sanft mit deinen Fühlern und ich merke einfach nur, wie sehr du mich zu dir lässt, mir vertraust, und es ist nur zum Genießen. Bisher hatten die anderen Angst vor meinen Ausbrüchen, die unkontrolliert und plötzlich kamen. Doch du zähmst mich, ohne Druck. Du forderst nicht, du schenkst mir Freiheit und gleichzeitig Sehnsucht. Wenn du nicht da bist, weiß ich doch: Du kommst zurück. Der Schutz, den du dir suchst in meinem Schweif, ist für mich ein Streicheln meiner Seele. Verstehst du das?"

„Oh, und wie", strahlte die Kleine. „Allein zu wissen, dass die Wärme deiner Stimme sich wie eine Decke über mich ausbreitet und du da bist, jederzeit, ist für mich so eine Beruhigung. Und dazu immer wieder unsere Zuflucht zu unserem Menschen, dem wir beide so tief vertrauen. Zu sehen, wie du mit ihm nun umgehst und dich immer mehr näherst, macht mich glücklich und stolz. Das zu erleben, ist es wert, wieder und wieder zurückzukommen. – Nie mehr möchte ich das missen. Nie mehr möchte ich dich verlassen. Vom Umtausch ausgeschlossen, genau das ist es. – Ach, ich will so vieles noch mit dir erleben. Mit dir über die Wiesen schwärmen, die Sonnenstrahlen genießen und die schlechten Tage in schöne verwandeln, weil es dich gibt und ich nicht mehr alleine bin."

„Ja, meine Kleine, das werden wir alles tun, solange wir beide bei unserem Menschen bleiben und sind, werden wir das alles machen und es genießen."

Nun, wir lassen die beiden mal wieder alleine. Wisst ihr, ich glaube, da haben sich einfach die richtigen gefunden.

Doch vor allem glaubt mir eins: Die Liebe findet immer ihren Weg – es ist, wie es ist, denkt daran und geht euren Weg. Irgendwo schlägt auch ein Herz für euch, meine lieben Leser.

HERZ FÜR AUTOREN A HEART FOR AUTHORS À L'ÉCOUTE DES AUTEURS MIA ΚΑΡΔΙΑ ΓΙΑ ΣΥΓΓ
ΗΑΡΤΑ FÖR FÖRFATTARE UN CORAZÓN POR LOS AUTORES YAZARLARIMIZA GÖNÜL VERELIM SZ
ΝΕ PER AUTORI ET HJERTE FOR FORFATTERE EEN HART VOOR SCHRIJVERS TEMOS OS AUT
 ΖÖINKÉRT SERCE DLA AUTORÓW EIN HERZ FÜR AUTOREN A HEART FOR AUTHORS À L'ÉCOL
ΡΑÇÃO ВСЕЙ ДУШОЙ К АВТОРАМ ETT HJÄRTA FÖR FÖRFATTARE À LA ESCUCHA DE LOS AUTC
ΕURS MIA ΚΑΡΔΙΑ ΓΙΑ ΣΥΓΓΡΑΦΕΙΣ UN CUORE PER AUTORI ET HJERTE FOR FORFATTERE EEN
ΥΑΖΑRLARIMIZ ÖINKÉRT SERCE DLA AUTORÓW EIN HERZ FÜ
ΟR SCHRI ÃO ВСЕЙ ДУШОЙ К АВТОРАМ ETT HJÄRTA FÖ

Die Autorin

Kirsten Anderstein wurde 1971 in München geboren und arbeitete nach ihrer Ausbildung zur Verwaltungsfachangestellten zunächst in der Computerbranche. Sie studierte Psychologie sowie Angst- und
Stressmanagement und arbeitet inzwischen erfolgreich als Coach für systemische Beratung, Burn-out
und Entspannung. Mit ihrem Mann und ihrer Tochter lebt sie in der Oberpfalz. Dort gibt sie Kurse an
der VHS sowie für Kinder bei der Schülerhilfe. Über
ihre Erlebnisse in der eigenen Kindheit, Jugend- und
Erwachsenenzeit, verfasste sie Kurzgeschichten, um
sich selbst besser kennenzulernen und zu verstehen.
Um ihr Leben als Überlebende von Traumata und
gesunde Erwachsene zu führen, ist der Autorin ihr
innerer Dialog wichtig. Achtsamkeit spielt in ihrem
Leben eine wichtige Rolle. Wenn sie daher nicht gerade malend oder schreibend Gefühle und Erlebtes
zu Papier bringt, liest und fotografiert sie gerne.